음식과 문장

음식과 문장

연희동 요리 선생 히데코의 인생 예찬

나카가와 히데코

마음산책

음식과 문장

연희동 요리 선생 히데코의 인생 예찬

1판 1쇄 인쇄 2022년 5월 20일
1판 1쇄 발행 2022년 5월 25일

지은이 | 나카가와 히데코
그린이 | 박지훈
펴낸이 | 정은숙
펴낸곳 | 마음산책

편집 | 권한라 · 성혜현 · 김수경 · 나한비 · 이동근
디자인 | 최정윤 · 오세라 · 차민지
마케팅 | 권혁준 · 권지원 · 김은비
경영지원 | 박지혜

등록 | 2000년 7월 28일(제2000-000237호)
주소 | (우 04043) 서울시 마포구 잔다리로3안길 20
전화 | 대표 362-1452 편집 362-1451   팩스 | 362-1455
홈페이지 | www.maumsan.com
블로그 | blog.naver.com/maumsanchaek
트위터 | twitter.com/maumsanchaek
페이스북 | facebook.com/maumsan
인스타그램 | instagram.com/maumsanchaek
전자우편 | maum@maumsan.com

ISBN 978-89-6090-739-3 03810

내 나이쯤 되면 '무언가 갖고 싶다는 마음'이
'살아 있다는 실감'과 마찬가지 아닐까 하는 생각도 든다.

나의 이야기는
부엌에서 시작된다

부엌에서 하루를 시작하고 끝낸다. 부엌에서 직업인의 삶을 이어간다. 연희동 요리 선생으로 살아온 14년. 레시피를 구상하고 식재료를 손질해 다 함께 음식을 만들어 먹고 난 후 뒷정리까지, 수강생들과 호흡을 맞춰온 삶에는 즐거움과 괴로움의 노래가 흐른다.

고마운 것은 나의 부엌에서 날마다 새로운 이야기가 만들어진다는 점이다. 거창한 이야기가 아니다. 수강생 한 사람의 에피소드가 내 삶에 들어오는 순간, 나는 이미 이전의 내가 아니다. 그 에피소드로 나는 조금 변하고 타인의 삶을 이해하게 된다. 그러니까 요리를 가르치면서 삶을 배우는 것이다.

　나이 들면서, 이 직업은 더 재미있어졌다. 요리 교실에 발걸음하는 수강생들의 나이는 십대부터 칠십대까지 그야말로 세대를 아우른다. 틀에 얽매이지 않고 창의적으로 요리하며 교감을 나누는 자리라 그럴까. 수강생들과 대화할 때 성별, 나이, 국적, 직업은 소통에 아무런 방해도 되지 않는다. 음식을 사이에 둔 만남은 이처럼 생활에 활력을 불어넣고, 나아가서는 삶까지 예찬하게 만든다.

　코로나19로 모두가 힘들어하는 상황 속에서도 구르메 레브쿠헨을 통해 두터운 신뢰 관계를 쌓아온 사람들이 요리 교실과 나를 지탱해주었다. 일본을 떠나온 후, 나는 어느 나라를 가도 이방인이었다. 끊임없이 그 나라 사람들에게 물어보고 도움을 받아야 했다. 그렇게 맺은 외국 친구들과의 인연은 오래도록 계속됐다. 시간이 지난 후 그들을 한국으로 초대해 함께 요리를 하며 회포를 푼 적도 많다.

　인연의 점들이 무수히 이어져 선이 되었고, 그 선들은 사방팔방 뻗어나갔다. 뚝 끊어져버린 선이 있는가 하면, 교차하면서 끝없이 이어지는 선도 있다. 내심 뿌듯한 마음으로 선들을 하나하나 돌아본다. 그러면 잊고 있던 모두의 웃음소리가 귓가에 되살아나고, 그 시절 식탁에 올랐던 음식의 맛있는 냄새와 따끈한 김도 떠오른다. 그들을 생각하며 '소중한 사람에게, 더 많은 사람에게 오늘은 무엇을 먹일까' 행복한 고민을 한다.

나는 이상하게도 곤경에 처할수록 주저하거나 망설이지 않는다. 2년 전 봄, 꿈만 같았던 첫 책을 출간할 수 있도록 이끌어줬던 마음산책 정은숙 대표에게 덜컥 문자메시지를 보냈다. '몇 개월 안에 코로나19가 종식될 것 같지도 않고, 이제 뭐가 정답인지도 모르겠어요. 여유가 생겨서 이럴 때 마음 놓고 글을 써보고 싶어요.' 한창 사회적 거리두기가 시작될 무렵, 무언가에 홀린 것처럼 계약서에 사인을 했다.

하지만 요리 교실 수업이 줄줄이 취소되었다고 해서 글이 술술 써지지는 않았다. 이 책을 편집하고 일본어를 한국어로 옮기는 데 도움을 준 김수경 편집자가 다음 원고 마감에 대한 메시지를 보내오면 '아, 그게…… 그분이 아직도 안 오셔서……' 별별 핑계를 늘어놓았다. 짧지 않은 시간 동안 제멋대로인 나를 독려하며 한 권의 책을 엮어준 그에게 진심으로 감사를 전한다.

무엇보다 점을 선으로 이어가며 요리 교실에 도움을 준 모든 분, 특히 이 책에 등장하는 수강생들에게 더할 나위 없이 고맙다. 글 한 편 한 편을 제때 마감할 수 있도록 〈중앙일보〉 온라인 콘텐츠 '더오래'에 연재를 주선해 준 한예린 씨, '히데코레터'에 글을 실을 수 있게 기획해 준 심희정 씨 역시 요리 교실 수강생이다. 그들을 통해 다시금 요리 교실의 수많은 인연, 점들이 선이 되어간다는 사실을 분명하게 느꼈다.

마지막으로 첫 번째 글에 등장하는 '집주인' 남편 PJ에게는 이루 말할 수 없는 감사의 마음과 사랑을 보내고 싶다. 그러니 월세는 며칠만 더 봐줬으면. 엄마가 하는 일에 별 관심 없어 보여도 쓰레기를 버려주고, 동생이 안 하는 장보기 정도는 도와주는 큰아들 정훈이한테는 늘 엄마답게 못해줘서 미안한 마음이다.

올여름 대학교를 졸업하는 둘째 아들 지훈이가 사회인으로서 처음으로 출판사와 계약하고 글마다 그림을 그려줬다. 아들과 이런 프로젝트를 함께하게 될 줄은 꿈에도 몰랐는데, 귀중한 기회를 선사해준 마음산책에 다시 한번 경의를 표한다.

모두 고맙습니다.

2022년 5월

나카가와 히데코

집착 없이
담백하게

레시피는 레시피를 본 사람의 마음에 머물면서

그 사람의 요리 습관,

때로는 삶의 방식까지도 바꿔놓는다.

내 삶의 중요한 마디

오늘도 1층으로 출근합니다

"벌써 일 년 치나 밀렸어요."

정말 질린다는 표정의 집주인 말에 순간 움찔했지만, 얼굴을 들여다보니 눈은 웃고 있었다. 그럴 만도 하다. 집주인은 바로 내 남편이니까. 일 년이나 집세를 체납했으니 쫓겨나도 할 말이 없는데, 여전히 이곳에서 요리 교실을 운영하고 있다.

된장국에 쪽파 대신 달래를 넣어보자. 바질 말고 달래 페이스트를 만들어도 괜찮겠다. 아니지, 페이스트에는 쌉싸름한 냉이가 더 어울리려나? 믹서에 갈 때는 잣보다 부드러운 피스타치오를 넣어야겠다. 봄에는 주꾸미가 제철이니까 이번 주에 영진이랑 아름이 놀러 오면 샤부샤부 해 먹어야지. 그러고 보니 저번에 먹었던 멘치카쓰^{다진 고기와 잘게 썬 양파를 섞고 튀김가루를 묻혀 둥글넓적한 모양으로 튀긴 음식} 생각나네. 어렸을 때부터 먹어온 내가 훨씬 맛있게 만들 수 있을 것 같은데. 좋아, 오늘 밤은 멘치카쓰다. 냉장고에 샐러드용 채소 팩이 하나 남아 있을 거야.

음식에 관해서라면 몇 시간이고 머리가 돌아간다. 이런저런 식재료를 조합해보거나 기존 조리법에 새롭고 독특한 방식을 접목하는 것부터 제철 식재료와 여러 나라의 음식, 식문화를 떠올리면 오감이 살아나면서 머릿속이 쉬지 않고 돌아간다.

어린 시절부터 책이나 아버지를 따라 또는 무언가에 자극을 받아 음식을 만들어서 좋아하는 사람들에게 나눠주곤 했다. 다른 사람이 내가 만든 음식을 먹는 행위에서 오는 소소한 행복과 우월감도 즐겼다. 아이들이 어느 정도 자란 후, 주변의 권유를 받고 무언가에 이끌리듯 요리 교실을 시작했다. 오로지 내가 만든 음식을 다른 사람이 먹어줄 때 느끼는 즐거움과 행복을 더 많은 사람이 맛보길

바라는 그 마음 하나만으로 말이다.

연희동의 2층 단독주택으로 이사 온 뒤 곧바로 시작한 요리 교실 '구르메 레브쿠헨'은 가족 생활공간이던 2층에서 점심시간에만 진행했다. 몇 년간 운영하다 보니 알게 모르게 조리 도구와 식기가 쌓이고 쌓여 수납공간이 부족한 지경에 이르렀다. 게다가 매년 수업이 늘어나고 저녁 수업이 빈번해지자 종국에는 나도 가족의 눈치를 볼 수밖에 없었다. 사춘기에 접어들어 예민한 반응을 보이는 두 아들, 저녁이나 주말 수업 수강생에게 만면의 미소 대신 쓴웃음으로 응대하는 집주인 남편 사이에서 스트레스는 쌓여만 갔다.

'가족 붕괴'와 '요리 교실 포기'의 기로에 선 나는 연희동과 가까운 연남동 부근에서 요리 교실을 열기 적합한 공간을 물색하기 시작했다. 종종 집을 수리해주던 집 근처 설비업체 사장님과 평소 알고 지내던 부동산 사장님에게 부탁해 여러 건물을 보러 다녔지만, 번번이 월세를 듣고 단념해야 했다. 마음이 무거웠다.

힘들어하는 나 대신 남편이 주말에 자전거를 타고 한 바퀴 돌면서 괜찮은 공간이 있나 보고 왔다. 여러 곳을 둘러본 모양인지 시간이 꽤 흐른 뒤 돌아온 남편이 말했다.

"우리 집 1층 전세 계약도 6월이면 끝나니까 나한테 매달 월세를 주고 1층에서 요리 교실을 하는 건 어때요?"

그런 방법도 있었구나. 2개월 뒤면 전세 계약이 종료되는 1층 세입자에게 의사를 물었다. 중간에 한 번 계약을 갱신하고 4년 동안 1층에 살던 이는 내 첫 요리책을 만든 편집자였다. 그는 딸뻘이라고 하기에도 동생뻘이라고 하기에도 애매한 나이로, 자기 의견을 분명하게 이야기하는 시원시원한 성격의 소유자였다. 이사 온 날 저녁 반찬을 나눠주기도 했고, 와인과 위스키를 좋아하는 걸 알고 나서는 위아래를 오가며 집주인과 세입자, 인생 선배와 후배, 작가와 편집자로 상부상조하는 사이가 됐다. 친해진 편집자와 고양이 다섯 마리에게 무척 미안했는데 다행히 마침 프리랜서 시나리오작가가 되기 위해 다니던 출판사를 그만두게 되었다고 했다. 지금이 인생의 변곡점인 것 같다며 이사를 가 새롭게 시작하고 싶다는 말도 덧붙였다.

1층이 비고 인테리어 공사에 착수했다. 이사 초기에는 예산도 없었고 세를 준 상태였기에 처음으로 하는 큰 공사였다. 당시 큰아들은 고3이었다. 다른 엄마 같았으면 예민한 시기를 보내는 아들을 위해 공사를 미뤘을 테지만, 나는 어렸을 때부터 마음먹은 일은 곧장 밀어붙이던 성격이라 공사를 강행하고야 말았다. 공사를 마친 후 1층에서 예정대로 요리 교실을 열었고, 매달 남편 통장에 월세를 입금했다.

가족의 안색을 살피지 않아도 되니 매일 아침 지갑과 열쇠, 간단한 화장품, 휴대전화가 든 작은 토트백을 들고 의기양양하게 2층 살림집에서 1층 쿠킹 스튜디오로 출근했다. 문제는 계속해서 월세를 체납했다는 점이다.

"이번 달에는 무조건 받아낼 거예요."

요리 교실을 운영한 지 2년 정도 지나자 집주인이 틈날 때마다 월세를 독촉해왔다. 대학 졸업 후 기자, 번역가, 일본어 강사로 매달 급여나 원고료를 받아온 탓인지 케이터링 음식 한 접시의 단가, 요리 교실을 운영하는 데 필요한 비용, 한 시간당 인건비 등을 상세하게 계산하는 일이 매우 귀찮았다. 사실 대학을 졸업하고 나서 어떤 일을 해왔는지는 상관없다. 그저 내가 원래 숫자에 약하고 계산 같은 것을 귀찮아한 탓이다. 주먹구구식이었다.

신혼 때는 우리 집 통장 관리를 내가 했다. 3개월, 6개월, 일 년. 뼛속까지 사업가인 남편은 시간이 지날수록 마이너스가 되어가는 통장을 보고 숫자 젬병인 아내에게서 통장과 카드를 압수해갔다.

나는 지금도 남편에게 매달 생활비를 받고 있다. 그런 아내를 세입자로 들였으니 남편은 분명 후회하고 있을 것이다. 남편의 금전 감각으로 요리 교실을 운영했다면 그는 나 대신 내준 월세를 지금쯤 돌려받았을지도 모른다. 월세가 밀려도 집주인, 아니 남편이 정말로 내쫓지는 않을 거라고 안심하고 있는 내가 먼저 바뀌어야 한다.

스물아홉에 만나 서른에 결혼하고 순식간에 24년이 흘렀다. 둘 다 와인을 좋아하는 우리는 어느 바에서 처음 만났다. 결혼 후에도 유아차를 끌고 당시 몇 군데뿐이던 서울 시내 와인 숍을 찾아다녔다. 또 미국과 유럽에서 먹었던 스테이크 맛을 잊지 못해 남대문시장에서 장비를 사, 전국의 바비큐장을 돌아다니기도 했다. 마당에서 바비큐를 할 수 있는 집으로 이사한 뒤에는 '가드닝의 중요성'에 대해 깨달았다. 직접 가드닝을 해보기도 했지만, 어떤 분야든 전문가가 필요하다는 확신이 든 최근 몇 년간은 정원사 현철 씨의 조수를 자처하며 가볍게 손질하는 선에서 만족하고 있다.

현철 씨는 마당을 개조할 때 지인의 소개를 통해 만난 열정 넘치는 조경사다. 당시 이십대 후반으로 부모님과 같이 조경 사업을 하던 그는 어느덧 결혼을 해서 두 아들의 아빠가 되었다. 내가 할머니가 되어도 우리 집 정원은 현철 씨가 책임져주지 않을까.

우리 부부는 생활환경이 변하면서 집주인과 세입자 관계가 되었고, 상황이 어려운 요즘은 요리 교실 운영이나 월세 등에 관해 더욱 자주 이야기를 나누고 있다. 결혼하자마자 큰아이가 태어나 부부가 개인 대 개인으로 진지하게 마주하는 시간을 공유하는 것은 거의 처음이다. 30년 동안 회사라는 세계에서 살아온 남편, 그와는 대조적인 길을 걸어온 아내가 앞으로의 인생 제2막을 어떻게 보낼지도 자주 고민한다. 아마도 요리 교실에서 만난 수많은 사람들에게 배운 것이 살아갈 날들에 보물 같은 지침이 되어주리라 믿는다.

코로나19 확산 방지를 위해 요리 교실을 잠정 중단하는 동안 여유 시간이 늘어났다. 그동안 요리 교실 때문에 바쁘다는 핑계로 미뤄온 다양한 작업을 도모하면서 나라는 사람, 나의 인생에 대해서도 차분하게 생각해보게 되었다.

그리고 3월 중순, 드디어 집주인 계좌에 체납 중이던 1층 월세를 납입했다.

"음식에 관해서라면
몇 시간이고 머리가 돌아간다.
이런저런 식재료를 조합해보거나 기존
조리법에 새롭고 독특한 방식을 접목하는
것부터 제철 식재료와 여러 나라의 음식,
식문화를 떠올리면 오감이 살아나면서
머릿속이 쉬지 않고 돌아간다."

그 남자의 완두콩밥

완두콩의 제철은 4월 중순부터 6월까지다. 시장에 완두콩이 나돌기 시작하면 몇 킬로그램은 거뜬히 주문한다. 이래저래 다양하게 사용할 수 있어서 신선할 때 냉동해두면 겨울까지 요리 교실의 든든한 식재료가 되어주기 때문이다. 다만 대량 주문한 완두콩 깍지를 까는 일이 만만치 않다. 나는 원체 오랜 시간 똑같은 작업을 하지 못하는 사람이라, 주말에 맞춰 완두콩을 주문해 가족에게 같이 까달라고 부탁한다.

"이번 주말 바빠요?"

"아니, 딱히 바쁜 일 없어요. 조금 쉬려고. 책 읽거나 영화 보면서."

"아, 그래요?"

내심 남편에게 기대하고 있었다. 보통 주말이면 근처 채소 가게와 거래 중인 자연 재배 농원에 완두콩을 5킬로그램 정도 주문한다. 일단 배달이 오면 남편이 눈치채기 전까지 아무 말도 하지 않다가 주말에 남편의 동태를 살핀 뒤 완두콩을 한 아름 건넨다. 네 식구가 먹을 양의 몇 배나 되지만, 불만 없이 영화를 보고 맥주를 마시면서 잠자코 까준다.

완두콩의 원산지는 지중해 연안 지역으로, 스페인에 살던 시절 초봄이면 시장에 나오는 완두콩을 데치거나 푹 삶아서 올리브오일을 듬뿍 뿌려 먹곤 했다. 엄마는 이 콩을 '그린피'라고 부르며, 매일같이 아침에 완두콩밥을 지어줬다.

나는 어릴 적부터 콩을 잘 먹지 않았지만, 엄마가 해주는 완두콩밥만큼은 아주 좋아했다. 봄이 오면 완두콩밥을 먹는 것이 큰 즐거움이었다. 그래서 남편이 완두콩 깍지를 까주면 맨 처음 만드는 요리가 완두콩밥이다. 흰쌀에

청주와 소금을 약간 넣어 안치고, 완성되면 갓 지은 따끈한 콩밥을 주걱으로 살살 섞어준다. 완두콩의 고소한 향과 은근하게 간이 밴 밥, 콩의 풍미가 입안에서 제대로 어우러지면 이루 말할 수 없이 행복해진다. 후각과 미각을 자극하는 '엄마의 맛'이다.

"완두콩밥을 먹으면 일본에 계신 엄마도 떠오르지만, 당신이 만들어줬던 그 완두콩밥도 빠질 수 없죠!"

넉살 좋은 내 말에 남편은 가만히 미소를 지을 뿐이다.

스페인 바르셀로나에서 3년을 살았다. 스물네 살에 일본에서 대학을 졸업한 후 집을, 일본을 뛰쳐나오듯 바르셀로나행 비행기에 올라탔다. 3년이라는 세월은 순식간에 지나갔지만 당시 외국인, 특히 아시아인이 거의 없던 스페인에서는 이방인을 향한 경계심이 컸다. 생각보다 보수적이고 배타적인 스페인 사회에서 생활비를 벌고 야간대학원에 다니는 일은 녹록지 않았다. 같은 유럽인 독일에서는 겪지 못했던 고독을 느꼈다. 앞으로 내 인생을 어떻게 다시 시작할지 답을 찾을 수 없었다.

장기인 외국어를 살려 아버지가 일하던 데이코쿠호텔에 취직해 호텔리어가 되기를 바랐던 부모님을 뒤로한 채 제멋대로 살아왔다. 그때는 이미 늦었다는 생각에 일본에 돌아가더라도 다른 사람이 하지 않는 분야의 일을 하고 싶었다. 그런 관점에서 생각을 거듭하다 일본의 부모님 곁 대신 새로운 땅 한국을 선택했다. 지금도 왜 그런 가시밭 길 같은 삶을 고집했는지, 무엇이 나를 그쪽으로 내달리게 했는지 모르겠다.

결국 바르셀로나에서 길을 찾지 못한 나는 일말의 불안감을 안고 서울로 거점을 옮겼다. 이방인이라는 사실은 변함없었기 때문에 늘 나는 일본인이라고 뼈저리게 자각했지만, 유럽에서처럼 깊이를 알 수 없는 고독에 사로잡히진 않았다. 한국외국어대학교 연수원에서 일본어를 가르치면서 연세대학교 대학원에 다니는 이중생활도 그대로 이어졌다.

연희동 하숙집에 친구들도 자주 불러 모았다. 금요일에는 바르셀로나에서 배운 음식이나 아버지 레시피로 만든 음식을 대접하고, 토요일에는 대학교 친구들과 홍대에 몰려 나가고, 일요일에는 밤새워가며 서툰 한국어 실력으로 리포트를 20쪽씩 써냈다. 20년도 더 전이라 당연히 지금처럼 한국말을 잘하지도 못한 데다 한국 사회에 좀처럼 녹아들지 못하는 가련한 청춘을 달래고자 연애도 열심히 했다.

'아무래도 일본 사람이라서……' 연애는 대개 그렇게 끝났다. 비슷한 처지의 일본인 유학생들과 소주를 마시면서 '한국 남자들 최악이야' 넋두리를 늘어놓으며 분한 마음에 눈물을 흘리기도 하고, 서로 격려하며 배꼽 잡고 웃음을 터뜨리기도 했다. 그랬다. 그야말로 늦된 청춘을 서울에서 만끽했다.

서울에서의 연애 같은 건 어떻게 되든 상관없다고 생각할 무렵, 지금은 남편인 병진 씨와 묘한 인연으로 만나게 됐다. 당시 이십대 후반이던 나는 일본으로 돌아가 한국문화인류학 교수가 될 생각이었다. 도쿄의 한 대학원에 진학하려고 준비 중이었어서 언제 한국 생활에 종지부를 찍어야 하나 망설이고 있었다. 새로운 연인을 만나 마음이 한창 살랑거릴 때였지만, 연애 따위로 인생의 향방을 정할 수는 없었다. 곧 일본에 돌아갈 거라는 전제하에 그와 연애를 시작했다.

"짐도 많고 아침 첫 비행기니까 출근 전에 김포공항까지 바래다줄게요."

서울을 떠나던 전날 밤, 병진 씨는 차를 끌고 연희동 하숙집까지 나를 데리러 왔다. 그는 3년 치 짐을 김포공항과 가까운 자신의 집으로 옮겼고, 덤으로 나도 하룻밤 재워줬다.

다음 날 새벽녘에는 공항 갈 준비를 하던 나에게 아침밥까지 차려줬다. 완두콩밥과 인스턴트 미역국, 스팸, 달걀프라이, 김, 멸치볶음이 담긴 작은 반찬 그릇들이 접이식 소반 위에 올라왔다. 서울을 떠나는 날에야 비로소 처음으로 평범한 한국식 아침밥을 먹은 듯했다. 병진 씨의 완두콩밥은 엄마가 만든 완두콩밥보다 몇 배나 맛있었다. 엄마의 레시피처럼 청주라든가 소금 같은 비법 조미료가 하나도 들어가지 않았을 텐데 말이다. 완두콩밥을 한입 가득 넣을 때마다 눈물이 멈추지 않고 흘러서 점점 짠맛이 났다.

"너희 아빠도, 너도, 도시히코(남동생)도 전부 자기 하고 싶은 대로만 살아왔잖아. '박 상'뿐이야, 엄마를 이해해주는 건!"

치매를 앓고 있는 엄마는 사위를 보면 아직도 이렇게 말한다. 엄마는 한국 사위인 '박 상'을 정말 좋아한다. 결혼

후 얼마 동안은 한국에서 억지로라도 일본에 데려왔어야 한다며 딸이 한국인과 결혼했다는 사실에 부정적이었지만, 말이 뜻대로 통하지 않아도 이심전심으로 사위의 마음을 조금씩 헤아려주기 시작했다.

요리 교실 횟수가 줄어들면서 예전보다 시간이 늘어나 몸도 마음도 조금은 편안해졌다. 하지만 제철 식재료를 봐도 마음이 동하지 않는 것을 보면 요리 교실에서 얻는 에너지가 얼마나 컸는지 새삼 느껴진다. 초봄 무렵부터 나온 완두콩을 곁눈질하면서도 사지는 않았다. 집에 아이들이 없어 완두콩밥을 2인분만 지어야 해서 깍지를 벗긴 완두콩만 필요할 때마다 한 팩씩 사고 있다. 그러고 보니 얼마 전 주문한 깍지를 벗기지 않은 완두콩 1킬로그램이 종이봉투에 담긴 채로 서늘한 현관에 방치되어 있다. 오늘은 금요일이다. 남편에게 콩깍지를 까달라고 해야겠다.

갱년기 불면증 특효약

새벽 2~3시쯤 부엌에 들어서는 일이 잦아졌다. 냉장고 깊숙한 곳에 잠들어 있는 재료들을 꺼내 한 시간 정도 사부작사부작 손 가는 대로 요리를 한다. 몇 시간 뒤 먹을 아침밥일 때도 있고, 과일 콩포트_{과일을 엷은 설탕물에 조려 보존하}는 방식 또는 그렇게 만든 디저트나 처트니_{과일이나 채소에 향신료를 넣어 절이거}나 조린 인도식 소스, 조림이나 절임 등 평소에는 시간이 없어 만들지 못하는 것이 대부분이다. 그 재미가 쏠쏠하다. 부엌 천장 조명은 켜지 않고, 주황 불빛의 플로어스탠드만 켜둔다. 나는 번쩍번쩍 환한 조명보다 간접조명 아래에서 차분해지는 사람이다. 저녁 무렵 어둑한 부엌에서 감자 껍질

벗기는 데 온 신경을 집중하고 있을 때 친절하게 스위치를 눌러 불을 켜주는 남편이 얄밉게 느껴질 정도다. 새벽에는 그럴 걱정이 없다.

요컨대 불면증에 걸린 것 같다. 어느 텔레비전 드라마에서 주인공 엄마가 한밤중에도 잠들지 못하고, 홀로 소파에 앉아 팔랑팔랑 부채를 부치는 장면을 본 적이 있다. 그때는 그게 오십대쯤 되면 생기는 갱년기 증상이라는 것을 몰랐다.

사십대 때 매년 받던 건강검진에서 심각한 철결핍빈혈이라 치료가 필요하다는 말을 들었다. 그 원인이 자궁근종과 자궁내막증에 의한 과다월경이라는 사실도 알고 있었다. 하지만 귀도 뚫어본 적 없는 내가 배에 구멍을 내거나 자궁전적출술을 받아야 한다는 사실에 거부감이 컸다.

"이제 출산할 일도 없으니까 깔끔하게 들어내세요. 배도 들어가고 빈혈 증상도 호전되니까 인생이 밝아질 거예요."

대학병원 산부인과에서 검사를 받은 후 남자 의사가 무신경하게 설명했다. 속이 부글부글 끓어올랐다. 나는 예나 지금이나 화가 나면 내가 구사할 수 있는 어떤 언어든

하고 싶은 말이 불쑥 튀어나온다.

"선생님, 만약에 남자가 성기를 절단하면 어떤 기분인가요?"

"아, 음경은 여성의 질에 해당하니까 얘기가 다릅니다. 자궁은 출산이 끝나면 크게 필요가 없으니까요."

더욱더 화가 났지만 여우에 홀린 듯한 기분으로 수술은 조금 더 생각해보겠다 말하며 진찰실을 나섰다. 그길로 15년 넘게 다니고 있는 한의원 원장에게 소개를 받아, 다른 대학병원의 내 또래 여자 의사를 찾아갔다. 그 또한 전형적인 대학병원 의사에게서 볼 수 있는 쌀쌀맞은 이미지였으나, 말투는 아주 부드러웠다.

"자궁전적출술을 원치 않으시면 약으로 완경 시기를 앞당기죠. 연령으로 봤을 때 완경 시기니까요."

부인과 검사를 마치자 의사가 말했다. 약물을 넣어 호르몬을 인위적으로 완경 후의 상태와 유사하게 만드는 치료법이었다. 아랫배에 두꺼운 주삿바늘을 푹 찔러 약물을 주입하면 완경 시와 엇비슷한 수준으로 여성호르몬(에스트로겐)이 줄어, 월경이 멈추는 동시에 자궁내막증의 병변이 위축되기 시작한다. 당시 내 건강과 체형 변화에 민감하게 반응하던 요리 교실 수강생들이 왜 그렇게 배가 나왔냐며 놀랄 만큼, 내 아랫배는 근종과 내막증으로 튀어나올 듯 부푼 상태였다. 그렇게 불룩했던 아랫배가 주사를 맞고 나자 놀라울 정도로 쑥 들어갔다.

"단, GnRH 아고니스트(뇌하수체를 자극해 에스트로겐의 분비를 낮춰 난소의 움직임을 억제하는 치료제)는 골다공증 위험이 있어서 소량의 에스트로겐제를 복용하셔야 해요. 매일 밤 자기 전에 하나씩 드세요. 3개월 후에 재검진 받으러 오시고요."

골다공증이라니. 그러니까 넘어지면 바로 뼈가 부러질 수도 있는, 그 병이라니. 내 뼈에 구멍이 송송 난다니. 비타민이고 한약이고 꾸준히 복용하는 법이 없는 나였지만, 그날 밤부터 처방받은 에스트로겐제를 꼬박꼬박 챙겨 먹으려고 노력했다. 마침 요리 교실 겨울방학과 엄청난 속도로 퍼지던 코로나19가 겹친 시기였다. 몸을 덜 움직인 탓인지 날이 갈수록 뒤룩뒤룩 살이 찌는 것 같았다. 애써 집어넣은 배가 다시 나왔다. 얼굴도 붓기 시작했다. 늘 임신 8개월 상태인 것처럼 위가 압박을 받는 느낌이었다.

자궁에 문제가 없었다면 내 몸에 아무 일도 일어나지 않았을까. 6개월가량 GnRH 아고니스트 부작용에 의한 갱년기장애를 겪으며 증상을 완화시키는 에스트로겐제를 복용했다. 코로나19 걱정보다 약 부작용으로 인한 골다공증과 유방암에 대한 불안감이 더 컸다. 또 내 몸의 변화에 당혹스럽기도 하고 농락당한 기분이 들기도 했다.

"선생님, 얼굴에 뭐 넣었어요? 동글동글해지셨네."

요리책이 출간되고 몇몇 매체에 얼굴이 노출됐다. 그동안 남의 일이라고만 생각했던 유튜브 채널까지 개설해, 점점 얼굴을 자주 드러내게 되었다.

쉬는 시간이 늘어나 찐 게 분명하다고 철석같이 믿었던 얼굴과 손이, 실은 약 때문에 부은 것이라는 사실은 오래 알고 지낸 한의원 원장님의 한마디 덕분에 알게 되었다. 일단 에스트로겐제 복용을 중단했더니 소위 말하는 갱년기 증상이 나날이 심해졌다. 얼굴의 홍조와 열감부터 정수리에 열이 오르는 증상까지. 불안한 마음에 인터넷을 찾아보니 골다공증 부작용은 복용하고 몇 년 뒤에야 나타난다고 나와 있었다.

한밤중에 온몸에 열이 올라 목과 등에서 땀이 배어 나오기도 했다. 더운 것이 아니라 뜨거웠다. '아, 왜 이렇게 뜨겁지' 꿈속에서 끙끙대다 눈이 떠졌다. 시계를 보면 누운 지 한 시간밖에 안 됐을 때가 부지기수였다. 땀을 닦고 다시 자려고 노력해도 쉬이 잠들지 못했고, 어쩌다 잠이 들어도 금방 다시 깨버렸다.

이게 바로 그 불면증이란 녀석인가. 처음 증상이 나타났을 때는 다음 날 일에 지장이 생길까 걱정돼, 졸리지 않은데도 침대 위에 가만히 누워 잠이 오길 기다렸다. '잠이 온다, 잠이 온다' 싶을 때쯤 다시 슬그머니 등이 뜨거워지고 땀이 배어 나왔다. 눈을 뜨면 창밖에서 동틀 무렵의 하얀 빛이 새어 들었다.

몸을 쓰는 일은 어떻게든 기력을 짜내서 해치웠지만, 원고 집필처럼 머리를 쓰는 일은 도저히 할 수 없었다. 그런 날이 며칠간 이어져 수면 부족으로 온몸에 피로가 쌓인 밤에는 그럭저럭 푹 잠들었다. 호르몬제로 인한 갱년기 증상인지, 정말 갱년기가 온 것인지는 몰라도 여하튼 혼자서는 극복하기 힘들어 주변 동년배와 수강생들에게 여러 차례 조언을 구했다.

"어차피 못 자니까 깨어 있어요. 책 읽거나 음악 들으면서."

그렇구나. 애써 자려고 하지 않으면 되는구나. 그날

밤, 역시나 한밤중에 열감 때문에 깨버려서 '에잇' 하며 침대를 벗어났다. 책을 읽거나 휴대전화를 들여다봤더니 오히려 정신만 피로해져서 다른 방법이 필요했다. 마감 기한을 넘긴 원고라도 써볼까 싶어 책상 앞에 앉았으나 그 정도로 머리가 맑지는 않았다.

그렇지, 부엌! 부엌으로 이어지는 작은 방에 놓인 플로어스탠드를 켜고 냉장고를 열었다. 전날 수업에서 만들고 남은 삶아둔 죽순 두 개가 있었다. 초여름에 수확한 길쭉한 지리산 죽순은 봄에 수확한 것보다 부드럽고 달다. 일본에서 죽순은 봄의 제철 식재료로 밥, 국, 조림, 구이 등 다양하게 조리해 즐겨 먹는다.

몇 시간 뒤에 출근할 남편 아침밥이라도 차려보기로 했다. 죽순밥과 죽순 긴피라채 썬 채소를 볶아 설탕, 미림, 간장 등으로 맛을 낸 일본식 조림, 여기에 된장국과 달걀프라이만 있으면 충분하다고 혼잣말을 중얼거렸다. 외부 소음이 들리지 않는 새벽 3시. 쥐 죽은 듯 조용한 부엌에서 쌀부터 씻었다. 그러고 나서 도마와 칼을 꺼내 죽순을 긴피라용과 밥용으로 나눠 썰어두었다. 된장국은 말린 멸치로 육수를 내 냉장고에 있던 숙주와 햇양파, 일 년 전 집에서 담근 일본된장 두 큰술을 넣었다. 질냄비에 씻은 쌀과 죽순, 다시마, 조미료를 넣고 가스레인지에 올려 한쪽 프라이팬에 죽순을 볶았다. 술, 간장, 미림으로 조리길 1분. 순식간에 반찬이 완성됐다.

다음으로 밥만 안치면 눈 깜짝할 새에 아침밥 준비가 끝난다. 달걀프라이는 남편이 아침에 일어나 출근 준비를 할 때 만들면 된다. 시계를 보니 어느덧 새벽 3시 40분이었다. 잠이 오려나, 불안해하며 침대로 돌아갔다. 몇 시간 후 눈을 떠보니 남편은 죽순밥, 죽순 긴피라, 된장국을 먹고 출근한 후였다. 불과 네 시간이었지만, 푹 자고 일어났다.

갱년기라는 것은 여성의 일생에서 중요한 하나의 마디다. 나이를 먹는다는 것이 불행하고 슬픈 일이 아니라는 사실을 스스로 모색하기 위한 시간. 남편도 아들도, 어느 누구도 도와줄 수 없는 자신과의 싸움이다.

"히데코 선생님이 가장 좋아하는 것, 가장 하고 싶은 일이 뭐죠?"

밤에 잠이 안 와 한의원 원장님을 찾아갔을 때, 그는 침을 놓으며 나에게 물었다. 내가 가장 좋아하는 것, 가장 하고 싶은 일이라. 침을 맞으면서 내 취미가 무엇인지 곰곰이 생각해봤다. 그렇지. 죽순을 삶아 요리에 맞게 나눠

썰고, 된장국 육수를 맛있게 우릴 때 나는 즐겁다. 일과 취미가 일치한다는 말을 들으면 '그건 좀 아니지 않나' 의아해한 적도 있지만, 내 불면증 특효약은 요리였다. 어쩌면 요리사가 내 천직인지도 모르겠다. 그렇게 생각하기로 했다. 나에게는 요리가 일이고, 취미고, 더할 나위 없는 행복이니까.

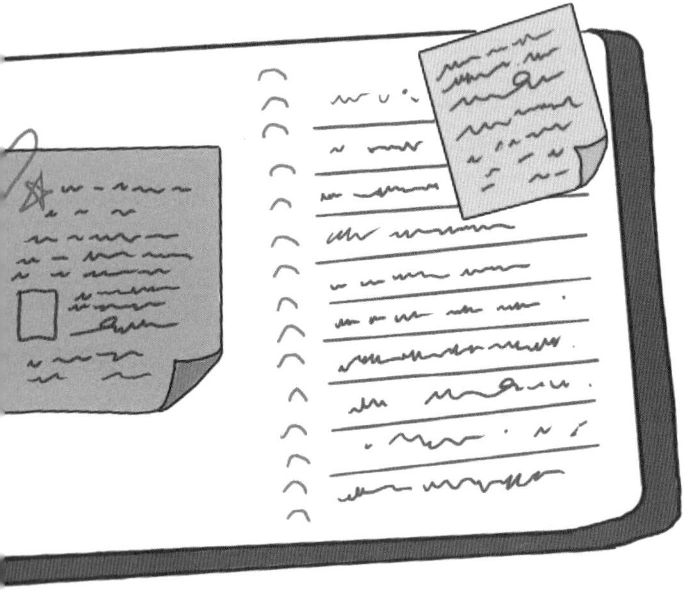

집콕과 요리 릴레이

가끔 '선생님은 취미가 뭐냐'고 묻는 이들이 있다. 이런 질문을 받으면 대답하기 곤란할 정도로 오래전부터 나에게는 별다른 취미가 없었다. 일반적으로 독서, 영화 감상, 여행, 등산, 요리, 맛집 탐방, 골프, 테니스 등 취미라고 할 만한 것은 무궁무진하고, 내게 물어본 사람도 그런 대답을 기대했을 것이다.

어쩌면 딸, 아내, 엄마, 며느리로서 남들이 뭐라 하든 내가 좋아하는 것을 관철해온 고집스러운 삶의 방식 탓에 취미가 없어 보이는 것 아닌가 싶기도 하다. 무엇보다 한때는 취미였던 '내가 좋아하는 일'이 어느새 직업이 되어버렸다. 그래서 요즘에는 취미가 뭐냐고 묻는 사람에게 멋쩍은 웃음을 지으며 '요리책을 보는 것'이라고 답하고 있다.

어릴 적 본가 부엌의 식탁 한쪽이나 응접실 소파의 사이드 테이블에는 언제나 엄마가 좋아하는 요리책과 매달 발행되는 〈NHK 오늘의 요리〉가 놓여 있었다. 아버지의 책상에는 일본어로 된 『프랑스 요리 용어 사전』이나 『라루스 사전』, 독일어 빵 전문서, 일식 생선 손질법 등 다양한 요리책이 쌓여 있었다.

어린 나는 독일어나 프랑스어를 읽을 줄도 모르면서 가만히 책장을 넘겨보곤 했다. 포스트잇 같은 것도 없던 시절, 엄마는 관심 있는 요리나 만들어보기로 마음먹은 요리가 실린 페이지 귀퉁이를 접어두었다. 아버지의 원서들 곳곳에는 굵은 심 연필로 밑줄이 죽죽 그어져 있었고, 여백에는 메모가 잔뜩 적혀 있었다. 돌이켜 생각해보니 지금 내 습관들이 모두 유전자 탓이었던 것 같아 슬며시 웃음이 난다.

이십대 때는 장래에 대한 생각이 컸다. 국제정치학자

나 심리학자, 언어학자, 신문기자, UN 직원 등 국제 무대에서 활약하고 싶었다. 바지런히 도서관에 드나들며 아르바이트로 돈을 벌어 전문서를 샀고, 대학 세미나도 열심히 참석하며 리포트를 써냈다. 요리책에는 눈길도 주지 않았고, 엄마가 유학하는 딸에게 보내준 친필 레시피조차 책 사이에 끼워둔 후 잊고 지냈다.

다만 해외 생활을 오래 하다 보면 간혹 간단한 일본 가정식을 만들어 먹고 싶을 때도 있고, 친구들에게 현지에서 구할 수 있는 재료로 일본 요리를 만들어줄 기회도 생긴다. 그럴 때는 어디에 끼워뒀는지 가물가물한 엄마의 레시피를 필사적으로 찾아내, 레시피를 보면서 외국 친구들에게 일본 요리를 해줬다.

'요리책을 보는 것'이 취미인 내가 한국에서 요리 교실을 시작한 지 14년이 지났다. 그사이 파일에 쌓아둔 레시피는 몇 개나 될까. 세어본 적은 없지만 출간한 요리책만 해도 벌써 여덟 권이니, 그 밖의 레시피까지 포함하면 꽤 많은 숫자일 것이다.

처음 요리책을 기획할 때는 '요리 선생'이라는 타이틀을 지닌 이상, 조금이라도 많은 사람에게 나의 요리와 내 존재를 알리고 싶다는 욕심이 앞섰다. 베스트셀러가 되지 않을까 순진한 야망도 품었다. 하지만 무엇보다 요리책을 쓴다는 것은 취미로 보던 좋아하는 요리책의 저자처럼 되고 싶다는 또 다른 꿈을 실현할 기회이기도 했다. 즉 '레시피를 가르치는 것이 아니라 요리 그 자체와 식문화 그리고 음식을 통한 의사소통'이라는 구르메 레브쿠헨의 목적과는 달리, 레시피를 공유하는 장을 만들고 싶었다.

"선생님이 한국에 살면서 쉬지 않고 에세이나 요리책을 쓰는 이유는 자기 정체성을 찾기 위해서죠?"

꽤 오랜 기간 요리 교실을 다닌 연미 씨가 물었다. 대학에서 문화인류학을 가르치는 그는 한국에 정착한 이주 여성들의 실태를 연구하고 있다. 한국이 좋아서 또는 결혼이라는 형태로 한국에 온 외국인 여성들이 어떻게 적응하고 있는지 연구하는 중이다. 연미 씨는 요리 교실에 올 때마다 나에게 무언가에 떠밀리듯 책을 쓰는 것 같다고 학자다운 의미심장한 눈을 빛내며 나에게 왜 그러는지 물었다. 왜일까.

어렸을 때부터 아버지 직업상 자연스레 레시피를 접해와서? 요리책 출간을 위해 레시피를 정리하고 촬영하고 편집하는 묘미가 있어서? 내 레시피로 누군가 요리를 만들어 먹고 맛있다 말해주는 것에 대한 기대 때문에? 요리 연구가로서의 관록을 쌓기 위해?

한때 연미 씨가 던진 질문 탓에 오랜 시간 고민했다. 결국 나는 그가 내놓은 답처럼 에세이든 요리책이든 거기에 실린 수많은 이야기와 레시피를 통해 이 나라에서 자기 정체성의 상실을 막아보려고 했던 건지도 모르겠다는 생각에 이르렀다.

단, 레시피가 '정체성 찾기'의 수단은 아니며 단순히 맛있게 만들기 위한 매뉴얼도 아니라는 것쯤은 알고 있다. 레시피는 레시피를 본 사람의 마음에 머물면서 그 사람의 요리 습관, 때로는 삶의 방식까지도 바꿔놓는다. 셰프나 요리에 종사해온 프로가 시행착오를 겪으며 갈고닦아온 레시피에는 훨씬 큰 힘이 있다고 믿는다.

코로나19가 확산하면서 한국은 물론 전 세계적으로 SNS에 자신만의 레시피를 공개하는 사람이 급증했다. 집에서 보내는 시간을 요리로 풍요롭게 만들자는 바람을 담은 사람들의 마음이 퍼져나갔기 때문일 것이다. 물론 이전에도 프로든 초보든 SNS에 자기 레시피를 공개하는 사람은 많았다.

한동안 아침에 일어나 뉴스를 보면 어느 도시의 사망자는 몇 명이라든가 록다운된 세계 각국의 도시에서 식당들이 영업을 중단했다든가 하는 어두운 소식만 들려왔다. 몇 년이나 연락이 끊긴 외국 친구의 안부도 걱정됐고, 요리를 매개로 한 만남을 소중히 여기는 요리 교실을 앞으로 어떻게 운영해나가야 할지에 대한 고민으로 괴로운 나날이 이어졌다.

그럴 때 일본 가나자와현에서 외국인 관광객을 대상으로 요리 교실을 운영하던 친구가 페이스북과 인스타그램을 통해 '요리 릴레이' 바통을 넘겨줬다. 친구들과 만날 수 없어 집에 틀어박혀 주야장천 SNS를 들여다보던 이는 나뿐만이 아니었을 것이다. 매달 한 번씩 추억의 해외여행 사진이나 책 등을 업로드한 후 지인에게 바통을 넘겨주는 제법 귀찮은 릴레이가 반복됐는데, 이 요리 릴레이만큼은 나에게 의미가 컸다.

요리 릴레이는 와키 마사요라는 일본 요리 연구가의 제안으로 2020년 3월 29일 시작됐다. 5월 6일 막을 내리기까지 600개에 이르는 레시피가 올라왔다. '굳이 장을 보지 않더라도 집에 있는 식재료 세 개 정도로 만들 수 있는 요리'라는 느슨한 조건에 따라 각국의 셰프와 요리사가 갖가지 레시피를 선보였다. 이 '요리 릴레이'는 바깥세상과 단절된 채 집에만 있어야 하는 사람들 모두에게 부엌에 들어서는 즐거움을 가져다줬을 것이다. 나도 한국의 반찬으로 '김무침'을 소개했는데, 그 레시피를 본 누군가가 보내온 감상을 읽고 레시피 공유의 즐거움을 다시금 느꼈다.

레시피는 식재료를 요리로 바꾼다.

레시피는 요리를 기록한다.

레시피는 요리를 전달한다.

레시피는 요리를 단련시킨다.

레시피는 시공을 초월해 맛을 전한다.

덕분에 레시피란 무엇인가 자문하는 시간을 보내게 되었다. 그전까지 레시피를 만들고, 식재료를 사러 가고, 재료를 손질하고, 수강생을 기다리는 일련의 과정은 요리교실을 위한 일상 업무에 지나지 않았다. 하지만 세계 곳곳의 타인들을 하나로 이어주고 힘을 북돋아주는 레시피는 내가 생각하던 것 이상으로 위대한 존재임을 깨달았다.

레시피로 음식과 마음을 모두 공유하는 것, 앞으로의 구르메 레브쿠헨이 유념해야 할 가치다.

"요리책을 쓴다는 것은
취미로 보던 좋아하는 요리책의
저자처럼 되고 싶다는 또 다른 꿈을
실현할 기회이기도 했다.
즉 '레시피를 가르치는 것이
아니라 레시피를 공유하는 장을
만들고 싶었다."

갑자기 배만 나와요

"비키니도 입을 수 있게 될 거예요. 와하하."

"하하하. 그렇네요, 선생님. 올해는 꼭 시도해볼게요!"

가슴이 빈약해 한 번도 입어본 적 없는 비키니를 쉰이 넘어 입게 될 거라는 말을 듣고도 그러마고 대답했다. 가슴 확대 수술 이야기가 아니다. 2021년 연말, 자궁전적출술을 받고 새해가 밝자마자 퇴원하던 날 아침의 일이다.

"아가씨! 바지 뒤에 피 묻었어요!"

홍콩에서 사 온 개나리색 리넨 바지를 입고 씩씩하게 버스에서 내리는데, 뒤에서 누가 팔을 잡으며 귓가에 속삭였다. 아가씨? 누굴 말하는 거지? 혹시 나? 삼십대 후반인 나에게 아가씨라니. 초등학생 아들이 둘이나 있는 '아줌마'가 좋다고 입가에 미소를 띠고 있을 때가 아니었다. 잡념에 현혹되길 3초. 오십대 정도로 보이는 중년 여성의 한마디에 순간 멈칫했으나, 잽싸게 들고 있던 손가방으로 엉덩이를 가렸다.

"아아, 감사합니다…… 지금 생리 중이라……."

딱히 변명할 필요가 없는데도 나는 그에게 겸연쩍게 웃어 보인 후 자리를 떴다. 다행히 당시 살던 아파트 정문 앞 버스 정류장에서 일어난 일이라, 발걸음을 서둘러 금방 집에 도착했다.

젊은 시절부터 생리 양이 많았는데, 그게 과다월경이라는 사실은 나중에야 알았다. 친구들과 비교해본 적이 없어서 세상 모든 여성들의 생리 양이 나와 비슷할 거라고 짐작했다. 결혼 후 남편과 매년 받기 시작한 건강검진에서는 항상 빈혈이 있으니 철분을 섭취하라는 진단을 받았다. 사십대에 접어들 무렵에는 빈혈의 원인이 아무래도 자궁근종과 자궁선근증으로 인한 부정 출혈 같다며 산부인과에서 치료를 받으라는 말을 들었다. 나는 의외로 병원을 좋아해서 곧장 두 아들을 출산한 C병원의 주치의와 근처 Y병원의 유명한 여자 의사, C병원과 규모가 비슷한 산부인과의 이름난 원장 등 서울에서 소문난 부인과 의사들을 찾아가 진단이 맞는지 확인했다.

그들은 하나같이 똑같은 진단을 내리며, 아직 수술할 정도로 크진 않으므로 6개월 뒤에 재검진을 받으러 오라는 말과 함께 철분제를 처방해줬다. 그러는 사이 아랫배는 점점 부풀어갔고, 자궁 근처를 만졌을 때 잡히는 멍울도 커지는 느낌이 들었다. 좋아하던 스커트와 바지는 타이트해진 데다 몸에 맞춘 원피스를 입으면 아랫배가 튀어나왔다. 사십대 때는 과다월경과 빈혈, 커지는 듯한 자궁에 불안해하면서도 언젠가 완경을 하면 괜찮아질 거라고 낙천적으로 생각했다. 식생활을 바로잡고 와인 양을 줄이고 규칙적으로 운동하면 자궁 크기도 줄어들 거라며 생리통도 금방 잊어버렸다.

"너는 정말 태평하구나, 부러울 정도로."

엄마는 어린 시절부터 그런 성격의 딸에게 어지간히 질려 있었지만, 나는 덕분에 우울증 걸릴 일은 없을 것 같다고 대답할 뿐이었다.

오십대에 접어들며 인생의 큰 전환기를 맞아 어떻게 살아갈까 고민하기 시작할 때, 삼십대 후반에 가벼운 목 디스크 증상으로 다니던 한의원 원장님에게 상담을 요청했다. 원인불명의 통증이 생기거나 월경 전에 컨디션이 좋지 않을 때, 건강검진 결과를 확인하고 싶을 때 침을 맞으며 가볍게 이야기를 나눴다.

"와인을 너무 많이 마셔서 그래요. 안 끊으면 자궁이 점점 커질 거예요."

"무슨 소리예요, 선생님. 와인 맛도 모르시면서! 맛있는 음식이랑 반주 정도로만 마시면 나쁘지 않다니까요. 마셔도 한 잔밖에 안 마셔요."

투덜투덜거리며 거짓말까지 했다. 이런 대화가 몇 년이나 이어졌을까. 부풀어가는 자궁 때문에 침을 맞고 한방약을 먹으며 치료해왔지만, 한방은 어디까지나 대처요법에 지나지 않았다. 그는 자궁전적출술이 되돌릴 수 없는 방법이라는 점, 골다공증이나 심질환 등의 위험성도 높아지고 고령이 되면 요통 같은 후유증이 생긴다는 점 등을 들며 줄곧 수술에 반대했다. 그러면서 조금씩 커져가는 내 자궁을 누르면서 식생활이나 음주 습관에 대해 침이 마르도록 주의를 줬다.

다들 완경을 하면 자궁 크기가 줄어들어 자궁근종이나 자궁선근증의 증상 또한 경감한다고 말했다. 여성호르몬이 나오는 동안에는 따라다닐 수밖에 없는 일종의 만성 질환으로 파악하고 충분히 시간을 들여 대응하면 된다. 그렇게 생각하며 자궁 검사를 받으면서도 수술이라는 선택지는 거부해왔다.

"선생님, 배만 나온 느낌이에요. 다른 데는 살이 안 쪘는데 이상하네."

내가 사십대일 때부터 요리 교실을 다니던 수강생들이 보다 못해 한마디씩 했다. 내 체형은 누가 봐도 갑작스러운 변화를 보이고 있었다. 완경 직전이었던 탓일까. 과다월경으로 생리 양이 더욱 늘어 빈혈도 점차 심해지자 나는 아주 약간 목숨에 위협을 느끼게 되었다. 한의사도 줄어들지 않는 내 자궁의 멍울을 누르면서 "자궁전적출술도 고려해볼까요. 수술 후에 제대로 관리하면 후유증 때문에 고민하지 않아도 될 거예요"라고 말했다.

그래, 이 사람은 믿을 수 있다. 기본적으로 나쁜 사람은 없다. 나는 타인과 관계를 맺고 일단 신뢰가 형성되면 상대방을 강하게 믿어버린다. 결국 계속 내 몸을 봐온 그의 말에 그때까지 완강히 거부해오던 산부인과 치료법을 실행에 옮기기로 했다. 자궁근종과 자궁선근증의 명의로 알려진 의사가 있는 서울 병원 몇 군데를 방문한 후, 24년 전 출산 때부터 신세를 져온 간호사가 있는 C병원으로 정했다. 그 간호사는 부인과 의사 가운데 자궁근종과 자궁선근증 수술을 잘하는 남자 의사를 소개해줬다.

"앞으로 출산할 일이 없을 테고 완경도 머지않았으니, 난소를 남기고 자궁전적출술을 하는 것이 적합할 듯합니다. 히데코 씨의 경우, 근종보다 선근증 때문에 아랫배가 나오는 거라 수술하면 쏙 들어갈 거예요. 하하하."

첫 진찰 때 그는 너무도 쉽게 진단을 내렸다. 아무리 전문가라고 해도 내 여성성을 부정당하는 기분이 들어 불편했다. 남자라 그런가 여자 마음을 모르네, 더 배려심 있게 말할 수도 있을 텐데. 그를 향한 모종의 혐오감이 고개를 들었다.

자궁선근증이란 자궁내막증의 일종으로, 자궁근층에 내막 세포가 그물망처럼 파고들어 증식해서 자궁벽 일부가 단단해지거나 자궁 전체가 붓는 질환이다. 현재의 자궁 크기로는 복강경수술이 어려워서 GnRH 아고니스트로 자궁 크기를 줄인 후, 3개월 이내에 수술 날짜를 잡기로 했다.

2020년 초입, 수술 당일 이틀 전. 나는 겁쟁이였다. 의사와 간호사가 보일 반응은 고려조차 하지 못했다. 마음의 준비가 무색하게 수술을 취소하고 말았다. '자궁이 없으면 여자가 아니게 되는 것 아닌가' 하는 불안감에 휩싸였다. 복강경수술로 이름난 만큼 예약 대기 환자가 쇄도하는 의사에게 할 짓은 아니었다. 앞으로 평생 C병원에는 못 갈 거라고 생각하며 다른 대학병원 여자 의사에게 GnRH 아고니스트를 계속 받기로 했다. 제법 강한 호르몬치료법이라 골다공증과 갱년기장애의 위험이 있어, 소량의 에스트로겐제를 먹어야 한다고 했다.

그 후 일 년 반, 두 개의 대극에 있는 호르몬제 복용으로 내 몸이 점점 약에 잠식당하는 느낌이 들었다. 완경 진단을 받은 후에도 잊을 만하면 발생하는 과다 출혈. 비웃음을 살지언정 다시 C병원에 가기로 했다.

"다시 돌아올 거라고 생각했어요."

"완경이 시작돼서 GnRH 아고니스트로도 자궁이 줄어들지 않으면 암세포화할 우려가 높아집니다. 게다가 배가 팽창해서 불편해요. 난소는 남겨두는 수술이라 갱년기장애가 바로 오지는 않을 테니 걱정 마세요."

오랜만에 만난 간호사와 주치의는 말했다. 호르몬제

때문에 너덜너덜해진 몸으로 돌아간 나는 주치의의 설명에 쉽게 수긍했다. 자궁을 떼어내면 '여자가 아니게 된다'라는 일말의 쓸쓸함과 자궁 외에는 지극히 건강한 내 몸에서 장기 하나를 적출해야 한다는 불안감을 끌어안고, 2021년 12월 31일로 수술 날짜를 잡았다.

"왜 또 수술일이 12월 31일이에요? 아무리 그래도 새해는 가족, 친구들이랑 축하하면서 맞아야죠. 혼자서 병실에 계시는 거예요?"

지난 12월, 요리 교실 수강생들이 입을 모아 걱정했다. 모두 이해가 안 된다는 표정이었다. 매년 새해가 되면 일본 본가에 귀성하는 것이 연례행사였지만, 코로나19 종식은 먼 훗날의 일일 거라며 올해 설은 난생처음 혼자 보냈다.

언젠가 읽은 일서에 "갱년기란 여자든 남자든 연령이 거듭 갱신되며, 인생의 다음 라운드를 건강하게 살기 위한 시기"라고 적혀 있었다. 그렇게 긍정적으로 생각하면 갱년기 역시 사춘기와 마찬가지로 인생의 여러 길목 중 하나에 지나지 않을 것이다. 자궁이 없는 내 몸과 어떻게 마주할 것인가. 나의 여성성은 마음속에 있는 것이지, 자궁이나 난소 안에 들어 있는 것이 아니다.

"복강경수술은 보통 배꼽과 배 양옆에 구멍을 뚫는데, 비키니 입을 수 있게 배꼽에만 뚫어서 3시간이나 들여 수술했어요."

주치의가 말했다. 오히려 비키니에 집착하는 그의 유쾌한 말투 덕분에 수술 후 내 기분은 한결 가벼워졌다.

올해는 요리 교실도 조금씩 정상화할 계획이다. 여성 호르몬의 활성화는 갱년기장애 완화로도 이어진다고 하지 않는가. 그럴 때는 무엇을 먹으면 좋을까. 이소플라본, 미네랄, 단백질, 비타민. 자기중심적인 나의 요리 교실 레시피는 더욱 건강해질지도 모른다. '갱년기 여성을 위한 헬시 푸드 수업'을 추가해볼까.

작은 점들이 무수한 선으로

우리 곁의

골드 미스

몇 년 전, 서울시 문화예술정책의 일환으로 돈의문박물관마을에 오픈 키친 '키친 레브쿠헨'을 운영한 적이 있다. 지우는 그때 열었던 원데이 요리 교실에서 알게 되었다. 퇴근길이었는지 멋스러운 정장 바지를 말끔하게 차려입은 모습이었다. '이런 사람은 요리를 배워도 집에서 잘 안 만들 것 같은데.' 선입견이지만 요리와 거리가 멀어 보이는 모습에 의아함이 앞섰다.

지현은 오픈 키친 계약이 끝난 그해 가을 학기에 연희동 요리 교실에 나타났다. 첫 수업 날, 그는 차가 막혀 두 시간이나 걸렸다며 숨을 헐떡이면서 뒤늦게 들어왔다. 이야기를 들어보니 홈페이지에서 수업 대기 신청을 하고 결원이 생길 때까지 2년이나 기다렸다고 했다. 거의 포기했을 때쯤 연락을 받은 것이다. 소규모로 운영되는 요리 교실은 오래 다니는 수강생이 많아 좀처럼 자리가 나지 않는다. 기다리다 지쳐 수강을 포기하는 이들에게는 정말 미안하지만, 마땅한 해결책이 없어 안타까울 따름이다.

두 사람이 요리를 배우기 시작한 시기가 달라서 같은 수업을 들었는지는 잘 기억나지 않는다. 지우와 지현이 급속도로 친해진 것은 둘을 알고 나서 얼마간 시간이 흐른 뒤의 일이다.

"선생님, 저희 어제 그 바에서 저녁부터 자정에 문 닫을 때까지 다섯 시간 동안 칵테일을 열 잔 정도는 마신 것 같아요. 지현 언니랑 수다 떠느라 시간 가는 줄 몰랐어요. 제이 바텐더가 이제 문 닫아야 하니까 계산 부탁한다고 말할 때까지요."

평균적인 한국 여성 목소리보다 한 옥타브는 높은 지우의 목소리가 휴대전화 너머에서 들려왔다. 지난 저녁, 우리는 요리 교실에서 유일하게 못 만드는 칵테일을 전문 바텐더에게 배우려고 아는 바로 향했다. 그날 처음 만난 지우와 지현은 레슨이 끝난 후에도 바에 남아 제이가 만든 칵테일을 마시며 밤늦도록 이야기를 나눴다.

그때부터 두 사람과는 각각 다른 수업을 듣지만 따로 모임을 가지면서 친하게 지내고 있다. 칵테일 수업 이후 2개월 정도 지났을 즈음, 이번에는 지현에게서 메시지가 도착했다.

'얼마 전에 지우랑 칵테일을 꽤 마셨는데, 엄청 재밌었어요. 이번 주 토요일에 선생님도 같이 마셔요.'

수강생들에게 같이 놀자는 연락을 받으면 괜스레 기쁘다. 그럴 때마다 남편은 나이 든 사람이랑 놀아주는 것만으로 감사해야 할 나이가 된 거라며 타이밍 좋게 끼어든다. 한국에는 '나이가 들수록 입은 닫고 지갑은 열어라'라는 말이 있다. 우리 부부는 종종 요리 교실 수강생들이나 젊은 지인들과 함께 저녁 식사를 하고, 위스키를 마시곤 한다. 계절마다 이런저런 이유를 붙여가며 연희동에 초대해, 이웃집에서 따지러 오거나 순찰차가 출동하는 사태가 벌어질 때까지 왁자지껄 먹고 마신 적도 있다. 그야말로 '입은 닫고 지갑은 여는' 연장자다운 행동을 취하려는 것이다. 지갑을 언제까지 열 수 있을지, 열지 못하게 되면 모두 떠나버리는 건 아닐지 괜한 걱정도 하면서 말이다.

지현의 메시지를 받고 서둘러 셋이서 마실 만한 바를 찾아봤다. 장소를 정할 때는 내가 가고 싶은 곳보다 동행하는 사람의 나이, 미각, 술 취향부터 라이프스타일까지 모두 고려한다. 두 사람의 공통점은 무엇일까. 대학 졸업 후에도 착실히 공부해서 원하는 직업을 얻었고, 그 일에 자신감과 자긍심을 느낀다. 출근 전 테니스나 요가를 하는 등 자기 관리에 철저한 사십대 싱글이다. 뼛속까지 주당인데 술버릇도 좋다. 그런 지우와 지현이 마음에 들어할 공간과 술을 곰곰이 생각한 끝에 저녁 여섯 시부터 안주 세트, 칵테일 두 잔, 맥주, 프로세코^{이탈리아 북부의 베네토주가 주산지인 스파클링와인}를 마음껏 마실 수 있는 단골 호텔 바를 예약했다.

"드디어 셋이 모였네. 건배!"

해 질 무렵, 청회색빛 풍경이 내다보이는 카운터석에 앉아 바텐더가 권하는 칵테일과 프로세코를 마시며 안주를 먹어 치웠다. 술을 좋아하는 사람들은 알 테지만, 적당히 술기운이 돌면 일에 관한 이야기든 인생에 관한 이야기든 그리 무겁지 않게 흘러간다. 별것 아닌 이야기로 시간 가는 줄 모른다.

지우와 지현의 목소리에 귀를 기울이며 '마흔'이라는

나이를 생각해봤다.

오십유오이지우학吾十有五而志于學

삼십이립三十而立

사십이불혹四十而不惑

오십이지천명五十而知天命

육십이이순六十而耳順

칠십이종심소욕불유구七十而從心所欲不踰矩

공자는 마흔을 '불혹'이라고 했다. 즉 현혹되지 않고 사물을 본다는 뜻이다. 나는 현혹되지 않는다기보다 '틀에 얽매이지 않고 살아가는 나이'로 해석하고 싶다. 삼십 대에는 힘든 육아와 따분한 일본어 강사 일에 쫓기면서 언젠가 요리 교실 비슷한 것을 해보겠다는 마음만 먹고 있었다. 그러다 마흔이 되자 그 일을 실현할 수 있는 환경이 갖춰졌고, 망설일 틈도 없이 '연희동 요리 연구가'의 길을 걷게 되었다.

"선생님, 내일 밤 그 호텔 바에 계실 거예요?"

남편과 단골 바에서 시간을 보낼 예정인지 묻는 말이

었다.

"사실 내일 제 생일인데 약속이 하나도 없어요."

밤늦게 셋이 있는 단톡방에 지우의 메시지가 도착했다. 혼자 와인이라도 마시고 있는 건가 생각하며, 나는 요리 교실을 쉬고 있고 남편은 재택근무 중이니 내일 함께 저녁 식사를 하자고 답장을 보냈다.

"경복궁역 근처에 '할매집'이라고 있는데 족발이랑 감자탕이 맛있어. 두 사람 소주는 별로려나?"

둘 다 회식이나 접대로 삼겹살과 소주를 자주 먹는다고는 했었지만, 아무래도 생일을 축하하는 자리이니 괜찮을지 물어봤다. 의사인 지현은 아쉽게도 그 시간에 수술이 잡혀 함께하지 못할 것 같다며 미안하다는 메시지를 보내왔다.

다음 날 저녁 7시에 남편과 내가 먼저 미슐랭 별 한 개에 빛나는 할매집에 도착해 족발과 감자탕을 주문하고 오랜만에 소주를 마시며 두 시간 동안 지우를 기다렸다. 하필이면 그날 M&A 계약이 걸린 중요한 회의가 좀처럼 끝나지 않아 그는 5분마다 메시지로 현재 상황을 보고해왔다. 3인분이나 되는 족발과 감자탕은 먹어도 먹어도 줄어들지 않았고, 우리는 2차에서 만나기로 한 지우를 위해 남은 족발을 포장해 약속 장소인 호텔 바로 향했다.

지우는 얼마 안 있어 예의 그 단정한 정장 바지 차림에 큰 서류 가방을 들고 등장했다. 아무리 그래도 만으로 마흔이 되는, 인생의 전환점과도 같은 생일날 나를 만나도 되나 싶은 미안한 마음을 품고 그를 맞았다. 지우가 좋아하는 샴페인과 케이크로 생일을 축하해줬다.

"내년 생일에는 꼭 남자 친구한테 축하받아."

일이 몹시 바쁜 탓인지 간절하지 않아서인지 지우와 지현은 둘 다 남자 친구가 없었다. 결혼을 안 하는 게 아니라 못 하는 거라고 언젠가 지현이 말했던가. 바에 앉아 수다를 주고받다 결혼 이야기가 나왔으나, 그렇게까지 외롭지는 않은 것이리라. 나는 결혼이 의무라고 생각한 적은 없지만 이십대 때부터 좋아하는 사람과 같이 살고 싶었다. 외로움을 많이 타는 성향이라 결혼이라는 형태를 선택한 건지도 모른다.

나보다 열 살이나 어린 둘은 어릴 적부터 굳은 신념을 갖고 꾸준히 노력하면 다양한 방면에서 결실을 맺는다는 사실을 가르쳐줬다. 사십대에 들어서 틀에 얽매이지 않고 자유롭게 세상을 보고 사유한다면, 10년 후 두 사람은 더욱 멋진 어른이 되어 있을 것이다. '언니'인 나는 취기가 돌면 괜히 한마디 건네본다.

"앞으로 10년 정도 지나면 분명 좋아하는 사람과 같이 살고 싶을 거야. 외로움에 몸부림치게 될지도 모르니까 얼른 좋은 사람 찾아봐."

그리고 올해 3월, 영원한 골드 미스일 것 같았던 지우는 좋은 사람을 만나 결혼했다.

"술을 좋아하는 사람들은
알 테지만, 적당히 술기운이 돌면
일에 관한 이야기든
인생에 관한 이야기든
그리 무겁지 않게 흘러간다.
별것 아닌 이야기로
시간 가는 줄 모른다."

독거노인 예비군 vs 요섹남

"독거노인 예비군반은 어떨까요?"

"오, 그거 괜찮네요. 독신 남성의 노후를 떠올리면 어딘가 애처로운 이미지가 있는데, 아주 현실적이고 좋은 것 같아요. 독거노인 예비군반으로 결정합시다!"

요리 교실의 오랜 수강생인 윤 선생님과 별생각 없이 남자 구성원으로만 이루어진 '남자 요리 교실'을 만들어보자는 이야기를 주고받았다. 그가 제안한 이름으로 시작한 남자 요리 교실은 이제 대기를 걸어놓고 취소자가 나와야 수강할 수 있을 만큼 인기 수업이 되었다.

윤 선생님은 오십대 중반의 대학교수로, 요리 교실에 나온 지 어느덧 7년이 넘었다. 7년이라는 세월이면 수강생을 넘어 거의 제자나 직원 수준으로 봐도 무방한데, 지금도 열심히 수업을 듣는다. 그는 매달 하루 수업이 있는 저녁, 어깨에는 노트북과 몇 권의 책이 담긴 묵직한 가방을 메고, 손에는 와인이 담긴 종이봉투를 들고 나타났다. 늘 수업 시간보다 일찍 도착하는 윤 선생님은 알아서 앞치마를 두르고 손을 닦은 뒤, 오늘의 추천 와인을 꺼내 와인에 대한 설명을 시작했다.

"오늘 메뉴는 도미 카르파초^{생선이나 육류를 날것 그대로 얇게 썰} ^{어 올리브오일, 치즈, 소스 등을 부어 먹는 이탈리아 음식}라 거기에 잘 어울리는 프랑스산 화이트와인 상세르를 가져왔어요! 이 와인은……."

윤 선생님은 혼자 와인 삼매경에 빠져 신나게 이야기했다. 나는 머릿속으로 허브를 씻고, 양파 껍질을 벗기고, 감자를 삶는 생각을 하며 7시부터 시작되는 수업 준비에 여념이 없었다. 그의 말소리는 배경음악에 불과했다.

한바탕 와인 설명을 마친 윤 선생님은 "뭐부터 도와드릴까요" 하며 셔츠 소매를 걷어 올렸다. 이베리코 갈빗살을 잘라달라고 부탁하자 그는 익숙한 손놀림으로 육류용

도마와 부엌칼을 꺼내 손질에 들어갔다. 이럭저럭하는 사이에 정장 차림의 남자 수강생들이 하나둘 도착했다. 모두 앞치마를 두르고 손을 씻은 뒤, 테이블 위의 레시피는 보지도 않은 채로 자신이 할 수 있는 사전 준비를 시작했다.

3년여 전 '독거노인 예비군반'을 처음 열었을 때는 지금처럼 모든 것이 순조롭게 흘러가지만은 않았다. 요리 교실은 일 년에 3학기로 운영하고 있는데, 다음 학기에 '독거노인 예비군반'이란 이름으로 남자 한정 수업을 진행한다고 알리자 윤 선생님과 그의 대학 동료 정도만 답을 줬다. 남편을 비롯해 다른 수업 수강생들에게 남자 요리 교실에 참여할 사람이 없는지 묻고 다녔지만 허사였다. 아무래도 이름 때문에 거부감이 생기는 듯해서 다시 윤 선생님과 의논했다.

"이름 때문에 신청하는 사람이 없어요. 다시 생각해봐야 할 것 같은데……."

스페인 요리반에 다니던 윤 선생님이 다음 달 수업에 왔을 때 말을 꺼냈다. 여덟 명 정원인데 윤 선생님을 포함해 세 명밖에 모이지 않은 상황. 자, 어떤 이름으로 바꿔볼까. 윤 선생님이 고심 끝에 말을 꺼냈다.

"맞다. 요즘 인기 있는 방송에서 '요섹남'이라는 말을 쓰더라고요."

'요리하는 섹시한 남자'라는 뜻이라나. 과연 섹시한 남자가 연희동까지 요리를 배우러 올까. 그럼 더 의욕이 넘칠 텐데, 중얼거렸더니 윤 선생님이 내 표정을 슬쩍 보고는 '요섹남을 위한 요리 교실'로 정하자며 이야기를 마무리했다.

기쁜 마음으로 수업 이름을 바꾼 뒤 다시 수강생을 모집했다. 그러자 신기하게도 여기저기서 문의가 빗발쳤다. 9월 새 학기까지 삼십대부터 육십대에 이르는 다양한 직업의 기혼 '아저씨'들이 모여들었다. 요리 교실이 시작되고 나서 가끔 다른 수업을 듣는 여자 수강생들이 남자 요리 교실에 조수로 참여하면 안 되냐고 농담 반 진담 반으로 부탁을 해왔다. 하지만 지금까지 '독신' 요섹남이 수업에 들어온 적은 없다. 조수를 부탁하고 싶어도 소개해줄 만 한 남자가 없다는 사실을 떠올리며 곤란한 표정으로 연신 눈만 끔벅거릴 수밖에.

"그야 그렇죠. 남자만 참여하는 수업에 섹시한 독신 남성이 올 리 없잖아요." 다른 수강생이 쐐기를 박았다.

당시 수업에 사용한 레시피 파일을 열어보니 '요섹남을 위한 요리 교실'의 첫 번째 메뉴는 데마키즈시_{김 위에 밥, 해산물 등을 올려 손으로 만 초밥}, 대합 맑은국, 총각무 아사즈케_{채소를 소금이나 조미액 등에 단시간 절인 음식}, 가지와 고추 아게비타시_{튀김옷 없이 채소를 튀긴 후 뜨거울 때 배합초나 조미액 등에 일정 시간 담갔다 먹는 음식} 등 완벽한 일식이었다. 일식 중에서도 중요한 조리 기술과 요소가 쓰이는 요리뿐이었다. 초밥용 밥의 단촛물 비율, 맑은국의 육수 내는 법, 아사즈케의 소금 간, 아게비타시의 소스와 튀김옷 없이 잘 튀기는 요령까지. 남자가 집에서 솜씨를 발휘할 수 있는 요리가 무엇일까 생각한 결과였으나, 중년 남성의 현실을 파악하지 못하고 의욕만 앞선 꼴이 되고 말았다.

요리 교실을 처음 다니는 수강생이 대부분이어서 첫날에는 나도 덩달아 긴장했다. 이미 다른 수업을 듣고 있던 윤 선생님과 그의 동료는 평소처럼 한 시간 전에 도착했다.

"아, 오늘 저녁은 데마키즈시군요. 참치 살 잘라놓아야겠네요." 그들은 수업의 흐름도 꿰고 있었다.

수업이 시작되는 7시가 가까워지자 어딘가 불안해 보

이는 표정의 남자들이 하나둘 쿠킹 스튜디오로 들어왔다. 평일 저녁이라 모두 넥타이에 정장 차림이었다. 재킷을 벗고, 넥타이를 풀고, 앞치마를 두르라고 말하자 그들은 뭐가 뭔지 모르겠다는 얼굴로 내 말에 따라 아일랜드 식탁을 둘러쌌다.

"손은 씻으셨나요?"

마치 초등학교 선생님처럼 확인한 뒤, 먼저 요리 교실에 등록한 이유와 평소 요리를 하는지 등 궁금했던 것을 물어봤다. 그러고 나서 오늘의 메뉴와 일본식 흰쌀밥 짓는 법, 가다랑어포로 육수 내는 법 등 일식의 기본에 관해 알려줬다.

"자, 거기 안경 쓰신 분. 이쪽으로 와서 총각무 좀 잘라주세요."

평소에는 회사 임원이나 대학교수 등 전문직에 종사하는 중년 남성들이 일제히 나에게 집중했다. 아니, 집중은 했는데 다들 무척 굳어 있었다. 공기에 서린 긴장감 탓에 내 이마에서도 식은땀이 배어 나왔다. 나에게 지명당한 수강생이 허둥지둥 아일랜드 식탁으로 와서 총각무를 썰기 시작했다. 그런데 어딘가 부자연스러웠다.

"아이고, 와이셔츠 소매를 안 걷으셨네요. 제대로 걷어 올리세요."

모국어가 아닌 탓에 꽤 직접적인 말투로 지적을 할 때는 주위에서 농담 섞인 주의를 주는데도, 급하면 어쩔 수 없이 직설적인 표현이 마구 튀어나온다.

그사이 하나씩 메뉴가 완성됐고, 마침내 향미 채소와 회를 김에 싸서 먹는 데마키즈시용 회를 썰 차례가 됐다. 한순간의 침묵.

"선생님, 제가 자를게요."

'요섹남 요리 교실'의 설립 멤버이기도 한 윤 선생님이 고문으로서 활약해주길 기대하고 있던 터라, 그 한마디에 마음이 놓였다. 생선 손질용 도마와 부엌칼을 건네자, 윤 선생님을 둘러싼 모든 수강생이 눈도 깜빡거리지 않고 그의 칼질을 지켜봤다. 그날 시식회 때 먹은 음식의 맛이나 대화 내용은 하나도 기억나지 않는데, 그 순간만큼은 또렷하게 떠오른다.

지난달 수업은 정말 큰 도움이 됐습니다. 그런데 다른 수강생이 맨손으로 회를 썰기 전에 손을 씻지 않았습니다. 먹고 난 뒤 설거지를 할 때 같은 고무장갑을 쓰는 것도 비위생적

입니다. 문제가 되기 전에 선생님도 위생에 관해 충분히 생각해보시는 게 좋을 것 같습니다. 내일 수업에는 제 고무장갑을 지참하겠습니다.

두 번째 수업 전날 밤 10시쯤, IT 분야에 오래 종사했다는 오십대 후반 수강생에게서 문자메시지가 왔다. 그렇게 느낄 수도 있었다. 하지만 재료 손질과 뒷정리는 수강생 모두와 함께해도, 다들 돌아가고 나면 홀로 아일랜드 식탁과 부엌 가구들을 알코올로 소독했다. 바닥 역시 늘 스팀 청소기로 반짝반짝한 상태를 유지했다. 내가 할 수 있는 범위 안에서 최선을 다해 위생에 신경 쓰고 있다.

그 수강생과 내가 추구하는 '음식'과 '조리'에 대한 근본적인 사고방식이 다르다고 판단했다. 나는 그에게 불편함을 느끼게 하기 싫어서 남은 수업료는 환불해드리겠다고 답장을 보냈다. 다음 날, 수업을 진행하던 중 윤 선생님이 수강생 한 명이 오지 않은 것을 눈치채고 물어보기에 그 메시지에 관해 이야기해줬다.

'나'를 위한 자유로운 시간을 추구하며 자신의 자리를 찾아 요리 교실에 다니기 시작한 중년 남성들. 이곳에 오는 이유가 분명한 윤 선생님도 그 일로 조금 놀란 듯했지만, 다행히 금방 평정심을 되찾았다.

"나다워질 수 있어서 요리 교실에 다닙니다."

윤 선생님은 요리 교실에 다니는 이유를 물었을 때 이렇게 답했다. 인생 제2막에 들어서며 이전보다 더욱 적극적으로 '나'를 찾아가려는 이들을 마주하고 있다. 지금이야말로 나답게 산다는 것에 대해 진중하게 들여다볼 기회일지도 모른다.

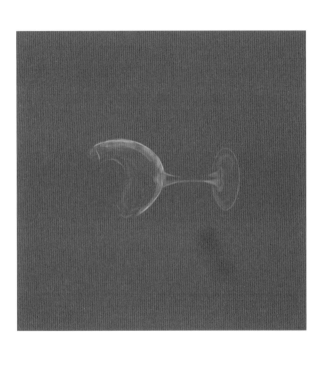

모두의
부엌

윤 선생님을 둘러싸고 일어난 '위생 소동'은 자기 고무장갑을 가져오겠다던 오십대 후반 수강생에게 수강료를 환불해주며 일단락됐다. 돌이켜보면 왜 환불을 해주면서까지 그 수강생의 요구를 거절했는지 모르겠다. 그는 오랜 고민과 생각 끝에 일반 성인 남성에게는 특수한 공간일 연희동 요리 교실까지 요리를 배우러 왔을 것이다. 그의 입장에서는 당연한 요구를 '정중히' 했을 뿐인데, 나는 이제 오지 않아도 된다는 한 통의 문자메시지로 그와의 관계를 단박에 끝내버렸다. 모처럼 생겼을 아저씨의 꿈을 망친 것은 아닐까 이제야 후회가 된다.

인생 제2막의 식생활을 혼자 힘으로 즐겁게 해결했으면 하는 바람에서 '독거노인 예비군반'을 만들었고, 독거노인이라는 표현이 조금 지나친 것 같아 '요섹남을 위한 요리 교실'로 바꿨다. 우여곡절 끝에 착실히 요리 교실의 주요 수업으로 성장해온 최근에는 '남자의 부엌'이라는, 어디에나 있을 법한 이름으로 자리 잡았다. 남자라고 해서 특별한 이유를 억지로 갖다 붙일 필요 없이, 여자에게 방해받지 않는 남자만의 시간과 공간이 제공된다는 의미를 담은 것이다. 남자 요리 교실에서는 음식이라는 매개체를 통해 남녀 간 사소한 차이를 발견할 때도 있어, 나 역시 즐겁고 배우는 점이 많다.

최 선생님은 윤 선생님과 동갑인 동료로, 한 달에 한 번 남자 요리 교실에 나온다. 요리책을 보며 혼자 음식을 만드는 데 한계를 느껴 꽤 오래전에 요리 교실 홈페이지에서 수강 신청을 해두었다고 한다. 나는 컴퓨터로는 글을 쓰거나 레시피를 정리하거나 간단한 검색만 하는 터라 홈페이지 관리는 컴퓨터 사용에 능숙한 후배에게 일임했다. 그래서 수강 신청 현황을 제대로 파악하지 못할 때가 더러 있다. 최 선생님 말로는 7년여 전 장문의 메시지와 함께 수강 신청을 했는데, 답장이 안 왔다고 했다. 나는 그저 명단에서 누락된 듯하다며 죄송하다고 사과하는 수밖에 없었다. 그러다 여차여차하는 사이에 윤 선생님 연줄을 통해 요리 교실에 다니게 되었다.

사실 남자 요리 교실이 개설되기 전, 음식과 술 페어링 수업을 듣던 윤 선생님이 갑작스레 결석하게 되어 최 선생님이 대신 찾아온 적이 있다. 대학에서 교편을 잡고 있는 오십대 남성이 홀로, 처음으로 요리 교실이라는 신세계에 한 발 들여놓게 된 것이다.

"처음 뵙겠습니다. 윤 교수님 대신 왔습니다. 잘 부탁드려요."

해가 길어진 5월의 늦봄. 검은색 둥근 테 안경을 쓴 최 선생님이 정중하게 인사했다. 픽 예민해 보였지만 딱히 긴장한 모습은 아니었다. 남자 요리 교실이 아니라 여자 수강생이 대부분인 요리 교실에 갑자기 나타난 최 선생님, 늘 오던 윤 선생님과는 다른 중년 남성. 평소 저녁 수업은 삼사십대 직장인 여성이 대다수인데, 그날 수업에 한해 최 선생님과 비슷한 연배나 그보다 높은 나이대의 수강생이 많았다. 그는 낯선 분위기 탓인지 거의 말이 없었다.

그날 수업 주제는 '일본의 화이트와인과 어울리는 음식'이었다. 일본을 대표하는 야마나시현 고슈와인에 어울리는 메뉴는 봄양배추와 바지락 와인찜, 봄나물 샐러드, 금태 술찜, 차돌박이와 우엉 다키코미고항^{제철 식재료를 넣고 간}, 오보로지루^{일본식 순두부인 오보로두부}를 넣고 끓인 니가타현의 향토 음식였다.

"좋은 와인이 들어와서 누군가를 초대하게 되었는데, 특별한 요리를 만들려고 욕심부리다 정작 본인은 한 모금도 마시지 못한 적은 없나요? 술안주는 와인 잔을 한 손에 들고, 또는 한잔 마시고 기분 좋게 취기가 오른 상태에서도 만들 수 있는 메뉴여야 함께 술을 즐길 수 있어요."

7시가 넘어 수업을 시작했다. 한국에서는 구하기 어려운 일본의 고급 와인을 마시게 되어 메뉴를 정하는 데 머리를 싸맸었다. 수강생들에게 한 손에 와인을 들고 안주를 만들 수 있어야 한다고 단언한 만큼, 간단하면서도 기막히게 맛 좋은 요리를 소개해야 했다. 고슈와인은 다른 화이트와인보다 드라이하고 쌉싸름하다. 그래서 묵직하지 않고 산뜻한 봄철 식재료를 충분히 음미하면서 초보도 쉽게 만들 수 있는 메뉴들로 골랐다.

벌써 몇 년째 요리 교실에 다니는 수강생들도 있어 조리는 착착 진행됐다. 대체로 설명만 하면 따라 할 수 있었다. '남자는 부엌에 들어가면 안 된다'라는 가부장적 가르침을 받고 자란 한국의 아저씨 세대. 그들을 남편으로 둔 오십대 커리어우먼 한 명은 일이며 육아며 가사를 전부 홀로 해내왔다. 여하튼 입도 손도 빠른 사람이다. 레시피를 보고도 잘 모르는 부분은 나에게 물어가며 척척 요리를 완성해갔다. 상황 파악이 덜 된 최 선생님만이 와이셔츠 소매를 걷어 올린 채 팔짱을 끼고 멀뚱히 서 있었다.

"최 선생님, 거기 서 있지만 말고 이리 와서 우엉 좀 썰어주세요. 연필 깎듯이요."

그가 하도 안 움직여서 나도 조금은 짜증스러운 말투로 내뱉었다. 그는 말없이 물이 담긴 볼과 부엌칼을 받아 들고 묵묵히 다키코미고항에 넣을 우엉을 썰었다. 나름대로 요리를 해본 손놀림이었다. 다행히 빠릿빠릿한 오십대 커리어우먼 덕분에 한 시간도 채 걸리지 않아 다섯 가지 음식이 완성됐다.

마치 아무 일도 없었던 것처럼 테이블 위로 차례차례 접시가 옮겨졌다. 수업이 끝날 무렵 한국에 고슈와인을 수입하는 회사 대표가 일본 와인에 대해 간단히 알려주기 위해 방문했다. 그의 설명을 들으면서 차갑게 보관한 화이트 와인을 마시고, 다 함께 만든 요리를 한 입씩 맛본 뒤 또 다른 와인을 마셨다. 얼이 빠져 있던 최 선생님은 말 많은 여자들 틈바구니에서 역시나 조용했다.

쨍, 쨍그랑, 파직. 다들 얼큰하게 취한 수업의 클라이맥스, 식기 뒷정리 시간. 나는 테이블 위를 치우다가 그 소리를 듣고 놀라 부엌으로 달려갔다. 특별한 와인을 마시는 날이라 꺼낸 값비싼 와인 잔 네 개가 싱크대 안에서 마치 예술 작품처럼 깨져 있었다. 그 앞에 망연자실 서 있던 최 선생님. 만약 아들이나 남편이 그런 일을 저질렀다면 귀청이 떨어져라 큰소리쳤겠지만, 최 선생님은 그날 처음 본 사람이었다. 분명 중년 여성들 기에 눌려 얼어 있었을 것이다. 그토록 아끼는 잔을 수업 때 사용한 내가 바보라며 혼자 마음속 동요를 잠재우려고 애썼다. 내 심리 상태를 파악한 수강생들이 나를 위로해줬지만, 어떤 말들이 오갔는지는 전혀 기억나지 않는다.

그런 일이 있고 나서 윤 선생님과 최 선생님의 학회 케이터링을 돕게 됐다. 일을 마친 뒤 한턱낸다고 하기에 홍대의 어느 중화요릿집에서 만나기로 했다. 서둘러 나간 나는 마음속 응어리로 남아 있던 와인 잔 변상에 관해 슬며시 이야기를 꺼냈다. 언젠가 새로 사주리라 기대했으나 아무 소식도 없어서 속 좁은 여자라고 여겨질 것도 각오하고 물어봤다. 와인 잔 한 개 가격을 솔직하게 말하지는 못했고, 그 절반 가격에 네 개 값을 현금으로 받았다. 하지만 그렇게 받은 변상금은 내가 3차에서 위스키 두 잔을 쏘면서 흔적도 없이 증발했다.

와인 잔 사건 이후 가을 학기에 남자 요리 교실이 추가됐다. 최 선생님처럼 여자만 있는 수업에 참여했다가 다음 학기부터 나오지 않는 중년 남성들이 종종 있었다. 각자의 이유와 낭만으로 연희동까지 와주는 것일 텐데, 해결책이 필요하겠다 싶어 고민 끝에 나온 결과가 남자 요리 교실이다. 최 선생님은 그 수업에 한 번도 빠지지 않았다.

여자들은 나이에 상관없이 같은 요리 수업을 들으면서 하나의 네트워크를 형성해 친해지는 경우가 많다. 반면에 남성, 특히 중년 남성들은 어떨까. 지켜본 결과 요리 교실에 다니는 남자 수강생의 숫자 자체가 적을뿐더러 여자들처럼 친밀한 관계가 형성되는 경우도 드물다. 하지만

'남자의 요리 네트워크'에는 분명 나 같은 중년 여성이 알 수 없는 매력이 있을 것이다.

　그들이 요리 교실에 다니는 이유는 여성보다 훨씬 다양하다. 그동안 받기만 해온 가족에게 자기 손으로 요리를 만들어주고 싶어서, 요리라는 활동을 통해 또 하나의 쉼터를 찾고 싶어서, 요리로 연결된 남자만의 네트워크를 형성하고 싶어서. 각자의 목표를 갖고 요리 교실에 다니는 중년 남성들의 꿈을 응원한다.

"최근에는 '남자의 부엌'이라는,
어디에나 있을 법한 이름으로 자리 잡았다.
남자라고 해서 특별한 이유를
억지로 갖다 붙일 필요 없이,
여자에게 방해받지 않는 남자만의
시간과 공간이 제공된다는
의미를 담은 것이다."

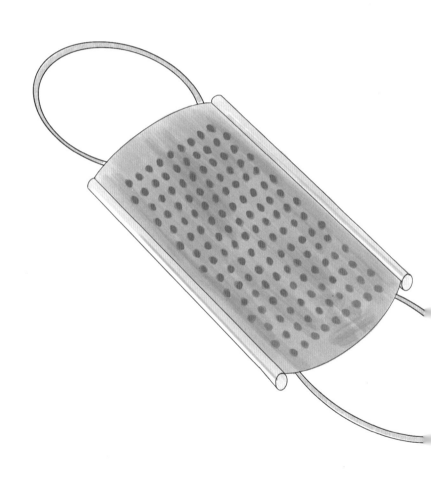

우리 사이
거리는

요리 교실을 오래 운영하다 보니 한 달에 한 번밖에 만나지 않는 수강생과도 자연스레 사제 관계가 형성된다. 요리 교실이 2층일 때는 가족이 식사하는 공간에서 수업을 하고, 거실 한가운데 놓인 식탁에서 시식을 했다.

두 아들이 어렸던 시절에는 크게 신경 쓰지 않았는데, 사춘기에 접어들면서 이야기가 달라졌다. 아이들은 매일같이 외부인이 드나드는 것으로 모자라 마주칠 때마다 말을 걸어오는 낯선 '아줌마'들의 존재를 꺼리게 되었다. 남편 역시 지친 몸을 이끌고 귀가했는데, 잘 모르는 사람들이 거실 한가운데를 떡하니 차지해 유유자적 쉬고 있는 분위기를 점점 부담스러워했다. 고민 끝에 앞서 말한 것처럼 1층을 쿠킹 스튜디오로 리모델링했다. 최악의 상황을 타개하기 위한 최선의 방법이었다.

한국에 어떤 요리 교실이 있고 어떤 요리 선생님이 있으며 어떤 수업이 인기 있는지도 제대로 모르는 상태에서 우연히 요리 교실을 시작하게 됐다. 프랑스 요리 셰프였던 아버지가 부엌에서 작은 요리 교실을 열던 모습을 떠올리며, 아버지의 레시피를 참고해 요리 종류와 조리법 등을 모색했다. 아버지의 레시피는 전채, 메인, 디저트순으로 식후에 반드시 디저트가 나왔다. 본가에서는 간단한 저녁 식사에도 항상 디저트가 준비되어 있었다.

지금도 그때 그 2층 요리 교실이 그립다며 작은 서랍 속에서 추억을 꺼내듯 옛날이야기에 젖어드는 수강생들이 있다.

"2층에서 할 때는 디저트까지 풀코스로 나왔잖아요, 선생님. 그때가 좋았는데."

은하는 자주 이런 말을 했다. 그 한마디에 초심으로 돌아가는 듯한 겸허한 기분이, 아니 등줄기가 꼿꼿하게 펴지는 느낌이 들었다.

요리 교실을 1층으로 옮긴 뒤에는 다양한 요리를 폭

넓게 알려줘야겠다는 마음이 앞섰다. 그래서 코스 요리로 레시피를 구성하기보다 주제를 정해 하나라도 더 많은 요리를 가르치려고 했다. 그러다 보니 점차 내 안에서 디저트란 존재가 희미해져갔다.

한국에서도 최근 몇 년 사이 젊은 세대를 중심으로 여러 형태의 요리 교실에 다니는 것이 유행처럼 번졌다. 게다가 자주 해외여행을 다니는 이들 사이에서 외국 식문화에 대한 지식을 배우거나 요리를 만들고 싶다는 욕구가 높아져, 가르치는 입장에서도 메뉴를 다양하게 준비할 수밖에 없게 되었다. 구르메 레브쿠헨 역시 이처럼 여러 요구에 부응하기 시작했다. 예전처럼 메뉴를 하나하나 음미하며 계절에 어울리는 제철 재료로 디저트를 만들 마음의 여유는 더더욱 사라졌다.

"선생님의 '절대미각'을 믿으세요!"

최근 요리 교실 운영과 이런저런 일로 고민이 많은 나에게 은하가 말했다. 그때는 절대음감도 아니고 절대미각 같은 말이 맞는 건지 그의 말에 의구심을 품었다. 30년 가까이 한국에 살면서 일본 요리를 기반으로 각국의 요리를 가르치며, 나 자신이 한국 사회의 구성원이라는 소속감은 늘 갖고 있었다. 하지만 지금도 종종 '나는 어느 나라 사람이지? 어떤 사람이지?' 스스로 내 정체성에 대해 묻곤 한다. 인생의 변곡점에 서 있기 때문일까. 은하의 말에 생각은 꼬리를 물고 '나의 정체성'으로까지 이어졌다.

은하는 대학교를 졸업하고 지금에 이르기까지 남부럽지 않은 자유로운 인생을 보내왔다. 주위에서는 얼마나 행복한 삶이냐고 한다지만, 은하는 꼭 그렇지만은 않다고 말했다. 결혼할 마음이 없다면서도 때때로 아예 생각이 없어 보이진 않는 뉘앙스를 풍기기도 했고, 앞으로의 인생에 대한 고민도 깊어 보였다. 내가 오십대라는 인생의 전환점에서 앞으로 어떻게 살아갈지 진지하게 고민했듯, 삼십대 중반이 된 은하 또한 인생의 전환점을 맞은 것 같다.

그는 미식가 집안에서 자란 덕인지 나보다 몇 배는 뛰어난 절대미각을 지녔다. 서울에서 안 다녀본 요리 교실이 없을 정도로 먹는 것을 좋아하고, 맛있었던 메뉴는 어떻게든 다시 만들어보려고 하는 등 음식에 대한 호기심이 왕성하다.

"아빠가 선생님 차슈양념에 잰 통삼겹이나 통등심을 구워 얇게 썬 음식 매일 먹고 싶을 정도로 맛있으시대요. 진짜 귀찮은 거있죠? 내일 또 만들려고 하는데, 벌써 여덟 번째예요."

연희동에서 스키야키얇은 냄비에 소고기, 대파, 두부, 표고버섯 등을 넣고 간장과 설탕 양념에 조려 먹는 음식를 배우면 집으로 돌아가 몇 번이나 스키야키를 만들고, 다른 요리 교실에서 배운 음식도 맛있으면 매일같이 만들어본다고 했다. 타고난 성향과 더불어 학생 때부터 해외 벽지에서 살아보며 그 지역 향토 요리를 접했던 그에게, 그동안 쌓아온 경험의 시간은 더없이 귀중한 재산이다.

"은하는 요리 교실이나 푸드 스타일링처럼 음식에 관련된 일을 할 생각은 없어?"

"제가요? 절대 못 해요. 전 그냥 맛있는 걸 만들어서 다 같이 먹는 게 즐거워요!"

시간이 있어서 이것저것 만든다고 말하는 은하에게 물었다. 요리가 일인 나에게는 그런 은하가 몹시도 부러울 따름이다.

은하와 안 지도 어느새 10년 가까이 되었다. 2~3년 전부터는 스승의 요리가 마음에 안 드는지 수업에 나오지 않는데, 새로운 요리를 구상할 때나 사소한 촬영 등을 할 때는 여전히 도와주러 온다. 그는 여러 수강생 중 한 명이지만, 연희동 요리 교실에 다니는 수강생 하나하나를 나의 '제자'라고 한다면 그중에서도 '애제자'라고 부를 수 있다.

일본어 사전에서는 애제자를 '특별히 기대를 걸고 예뻐하는 제자'라고 정의한다. 스스로 납득을 못 하면 아무것도 시작하지 않는 은하에게 내가 특별한 기대를 걸기는 어려워도, 예뻐하는 제자인 것만은 분명하다. 요리라는 매개를 통해 맺어진 관계로 오랜 세월 함께 쌓아온 신뢰는 쉽게 무너지지 않을 것이다. 때로는 의사소통에서 빚어진 오해 때문에 갈등을 겪은 적도 있다. 하지만 인간의 오감을 전부 자극하는 '음식'을 사이에 둔 관계였기에 그 상황을 가뿐히 뛰어넘을 수 있었다.

요리 기술이나 요리 교실 운영 노하우를 배우고 싶어서 오는 수강생보다 '요리가 좋아서, 취미여서, 즐거워서, 스트레스를 풀고 싶어서' 오는 수강생이 훨씬 많다. 은하가 처음 연희동 요리 교실에 다니기 시작한 이유는 잘 모르지만, 일반적인 요리 선생과 제자 사이 같은 이해관계는 아니었다고 믿는다.

나는 지금까지 귀찮고 복잡해질까 봐, 때로는 배신이 무서워서 일부러 '사제 관계'를 의식하지 않았다. 특정한 수강생을 애제자라고 부르는 데도 시간이 걸렸다. 다른 수강생들과 함께 있을 때 '은하는 애제자'라고 농담 섞어 말한 적은 있어도 요리 교실이라는 특수한 세계에서, 학교의 사제 관계와는 또 다른 미묘한 사이에 늘 적당한 거리를 유지하려고 조심한다.

"선생님, 파키스탄 치킨 카레 시험 삼아 같이 만들어 봐요. 차파티^{밀가루 반죽을 얇게 구워 카레와 먹는 인도 음식}도 굽고."

지난여름의 프로젝트는 '세계의 카레'였다. 역시 믿을 사람은 전 세계를 여행하고 온 은하뿐이었다. 그와의 관계처럼 '바람이 빠져나갈 정도의 틈이 있는 사이'가 나에게는 딱 좋다.

재미있어
보이니까

"선생님, 지중해 샐러드 책 증쇄한대요. 11쇄네!"

며칠 전, 반가운 메일이 도착했다. 메일 알림이 떴을 때 마침 시우 씨가 옆에 있었다.

"어머나, 좋은 책이 맞나 봐요. 그때는 무슨 정신으로 매일 왕복 네 시간이나 걸리는 데까지 촬영을 하러 다녔던 건지."

시우 씨는 8년 전 나온 『지중해 샐러드』가 11쇄를 찍는다는 소식을 듣고 감격에 겨워하며, 나보다 더 신이 나서 말했다(현재는 13쇄까지 찍었다). 『지중해 요리』와 함께 만들어 동시에 출간한 첫 요리책이라 더욱 감개무량했다.

유행이 자주 바뀌는 한국에서 오랜 시간 묻히지 않고 내 책을 찾아주는 사람이 있다는 사실이 정말 감사했다. 이십 대 초반에 결혼해 서울로 이주했다는 시우 씨도 요리책 스 태프로 함께해줬다. 그는 그때 인생이 달라지는 계기가 된 귀중한 경험을 했다고 말한다.

9년 전 여름, 아침 7시면 연희동에서 편집자 차에 조리 도구와 식재료를 산더미처럼 싣고 광화문으로 출발했다. 그곳에서 시우 씨를 태운 후 아침 출근 시간대 러시아워에 섞여, 경기도 광주에 있는 스튜디오까지 꼬박 3일을 오갔다.

시우 씨와 나의 공통점은 운전을 못 한다는 것이다. 스튜디오가 있는 산속까지 누가 차로 데려다주지 않았다면 우리 두 사람은 정처 없이 헤매다 미아가 됐을 거라고 지금도 우스갯소리를 한다. 지중해의 분위기를 재현하고자 편집자와 어렵사리 찾아낸 스튜디오였기 때문에 요리 팀과 푸드 스타일리스트 팀 모두 촬영을 위해 필사적으로 출퇴근했다.

아침 9시에 시작된 촬영은 새벽 2시까지 이어졌다. 스스로 납득할 때까지 타협하지 않는 사진가와 편집자 사이에서 스태프들은 초췌해져갔다. 시우 씨는 집에서 기다리는 남편이 걱정한다며 서울행 막차 버스를 타러 홀로 스튜디오를 뒤로한 날도 있다.

"버스를 탔더니 피곤했는지 웩웩 헛구역질이 나오지 뭐야."

다음 날 이른 아침, 그는 차에 타자마자 아무 일도 아니란 듯이 말했다.

시우 씨와는 아이들 일본어 수업이나 악기 수업을 계기로 교류하게 된 엄마들 모임을 통해 친해졌다. 원래 요리를 좋아해서 여러 요리 교실에 다니던 그가 구르메 레브쿠헨에 다닌 지도 벌써 10년이 훌쩍 넘었다. 솔직히 첫인상이 어땠는지는 잘 기억나지 않는다.

분위기를 지켜볼 요량이었는지 처음에는 말수도 적고, 친한 친구와 함께 와서도 묵묵히 수업을 즐긴 뒤 돌아갔던 것 같은 인상 정도가 어렴풋이 기억에 남아 있다. 3년째 되던 어느 봄,『지중해 요리』와『지중해 샐러드』요리책 촬영이 잡혀 시우 씨에게 도와줄 수 있는지 물었다. 음식을 만드는 일 자체를 즐거워하는 그가 새로운 경험을 했으면 싶은 마음에 부탁한 것이었다.

"제가 해도 돼요? 재미있어 보이니까 해볼게요."

시우 씨는 흔쾌히 승낙했다. 에세이를 출간한 적은 있어도 요리책은 처음인 나는 극도로 긴장하고 있었다. 한 달에 한 번 요리 교실에서 만나는 그에게 요리를 전공하는 딸이 있다는 것 정도만 알던 때였다. 시우 씨는 지중해 요리나 스페인 요리와 친숙하지 않았지만, 주방에 있어주는 것만으로 안심이 됐다.

첫 요리책이 출간되고 계절이 한 바퀴 돌았을 무렵이었다. 수업 날이면 시우 씨는 작은 배낭을 메고 요리 교실에 찾아왔다.

"뭐예요, 그건? 가방에 뭐 들었어요? 보기보다 무거울 것 같은데."

"카메라예요. 카메라 샀어요."

그는 호기심이 생기면 무엇이든 직접 배워봐야 직성이 풀리는 사람이다. 여러 요리 교실을 다니다 요리 블로그까지 개설했는데, 거기 올릴 사진을 제대로 찍으려고 신문사에서 주최하는 사진 강좌를 듣기도 했다. 사진 촬영을 함께할 동료가 생기자 주말이면 지방을 돌며 출사를 나갔다.

그때부터 시우 씨는 꼭 카메라를 들고 와서 요리 교실 정경이나 완성된 음식을 향해 연방 셔터를 눌렀다. 렌즈에 담긴 음식은 먹음직스러웠고, 나의 표정과 수강생들의 웃는 얼굴에는 생기가 넘쳤다.

"사진이 정말 근사해요. 재능이 꽃핀 느낌이야. 그런데 요리 사진 톤이 조금 노란 것 같아요."

그는 가볍게 의견을 전해도 진심으로 받아들였다.

"선생님이 노랗게 보인다고 하니까 진짜 그런 것 같네요. 연구 좀 해볼게요."

그 이후 시우 씨의 요리 사진에서 노란 기가 빠졌다. 사진 솜씨가 능숙해질수록 행동반경도 넓어졌다. 요리 블로거 동료와 교류가 늘어났고, 사진이 좋다며 여러 식당에서 블로그에 홍보를 부탁해오기도 했다. 이전까지는 급하게 어시스턴트 일을 부탁해도 메시지 한 통이면 끝났는데, 점차 시우 씨의 스케줄에 맞춰 촬영과 행사 일정을 잡게 됐다.

"선생님, 정말 미안한데 그날 다른 요리 블로거 만나서 기차 타고 춘천까지 가야 해요."

시우 씨는 나처럼 운전면허가 없는 것도 아닌데 카메

라로 터질 것 같은 작은 배낭을 등에 메고, 기차나 버스를 타고 촬영을 다녔다.

돈의문박물관마을에서 오픈 키친 '키친 레브쿠헨'을 운영하게 됐을 때도 곧장 시우 씨에게 전화를 걸어 자초지종을 설명했다. 서울시에서 공간만 제공하고 음식점 영업을 허가하지 않아 커피 한 잔도 팔 수 없지만, 재미있는 행사니 같이 해보지 않겠느냐고 권했다. 그는 또 흔쾌히 나와 함께해줬다.

때마침 연희동에서 벗어나고 싶었던 나는 매일 연희동과 광화문을 오갔다. 근처에 살던 시우 씨도 천으로 된 카트에 조리 도구와 식재료를 넣어 달그락달그락 끌고 돈의문에 왔다. 물론 소중한 카메라도 여전히 가방에 들어 있었다.

시우 씨를 비롯해 요리 교실로 이어진 수많은 사람의 이해와 협력으로 즐겁게 일해올 수 있었다. 음식을 통해 새로운 만남이 생겨났고 지금도 관계는 이어지고 있다. 순수하게 먹는 것을 좋아하고 먹고 싶은 것을 만들어보는 열정, 거기서 얻게 되는 만족감을 떠올리면 역시나 요리 교실을 계속 운영하길 잘했다는 생각이 든다.

"선생님은 왜 젊은 제자를 안 두는 거예요? 나 같은 아줌마보다 젊은 사람들을 키우셔야죠."

"흠, 왜 그럴까요? 제자로 받아달라는 사람도 없고, 요리를 전공한 젊은 친구들을 어떻게 모집하면 좋을지도 모르겠어요. 내 성격 탓인가?"

나보다 두 살 위인 그지만, 한 번도 '언니'라고 불러본 적은 없다. 한국 사회에서는 연상인 여성에게 곧잘 사용하는 '언니'라는 호칭이 나에게는 여전히 어색한 탓도 있고, 오랜 시간 사제 관계를 이어온 사이라 친숙하게 부르기가 쉽지 않다는 이유도 있다. '언니, 동생' 사이가 되면 더욱 돈독해지지 않을까 기대되는 한편, 이제 와 허물없이 대하기는 어쩐지 머쓱하다. 한편으로 '바람이 빠져나갈 만큼의 틈'을 유지하는 데 필요한 조건이라는 생각도 든다.

요리의 세계에서 성공하고 싶어 하는 청년들을 모집해보라는 시우 씨의 조언이 가끔 뇌리를 스치지만, 여전히 촬영 일정이 잡히면 그에게 가장 먼저 도움을 청한다.

돈의문 프로젝트가 끝날 즈음, 시우 씨는 오랜 꿈이었던 '원하는 시간에 좋아하는 만큼 요리를 할 수 있는 공간'을 찾아냈다. 그 공간에서 음식을 통해 그다운 방식으로 새로운 사람들을 만나 꿈을 실현하고 있다. 이십대에 결혼해 시부모님까지 모시고 전업주부로 사느라 자신은 뒷전이었던 시우 씨는, 오십대가 한참 지난 지금 청춘을 구가하고 있다.

"순수하게 먹는 것을
좋아하고 먹고 싶은 것을
만들어보는 열정, 거기서 얻게 되는
만족감을 떠올리면 역시나
요리 교실을 계속 운영하길
잘했다는 생각이 든다."

잃어버린 식욕을 찾아서

 '재색 겸비'라는 말이 딱 들어맞는 혜진이 연희동 요리 교실에 다니기 시작한 지도 어느새 여러 해가 지났다. 어렸을 적부터 공부를 잘해서 자기 목표나 꿈을 위해 부단히 노력하고, 원하는 모든 것을 이뤄냈으리라 짐작게 하는 여성이다. 남부럽지 않은 대학을 졸업하고 전문직 커리어 우먼으로 활약하던 그는 사십대 후반에 공직에 진출했다.

 "엄마, 배고파. 밥 줘."
 현직에서 물러난 혜진이 아마도 인생에서 가장 괴로운 시간을 보내던 때였을 것이다. 미국 유학을 준비하던 딸이 어학 시험을 보는 날 아침, 무기력한 상태로 며칠이나 침대에 누워 있던 엄마에게 말했다고 한다. 딸아이의 말에 깜짝 놀란 혜진은 그제야 정신을 차리고 침대에서 일어나 시험 보러 가는 딸을 위해 냉장고 속 재료를 꺼내 정신없이 아침 식사를 차려줬다.

'그렇구나. 내가 누군가를 위해 할 수 있는 일이 이렇게나 가까이에 존재하는구나.' 혜진은 그때 생각했다. 그는 자신의 커리어가 최우선이어서 가사도우미에게 20년 이상 딸의 식사를 맡겨왔다. 아주머니는 딸의 식사뿐만 아니라 출근 전 아침밥 먹는 시간조차 아까워하는 혜진에게 매일 아침 빼먹지 않고 토마토주스를 만들어줬다고 한다. 게다가 일이 전부였던 그는 평일 저녁에 아이들과 식탁에 둘러앉아 밥 먹는 일이 드물었고, 주말에도 외식을 하는 경우가 대부분이라고 했다.

이전까지 늘 당연하다는 듯이 목표를 이루며 살아왔기에 실패나 좌절과는 연이 없었을 혜진은 일선에서 물러난 뒤 괴로움을 달래기 위해 국내서, 외서 가리지 않고 요리책을 구입해 닥치는 대로 읽었다. 그러다 내가 쓴 에세이와 요리책을 접했고, 이를 계기로 구르메 레브쿠헨에 다니게 되었다. 그의 요리 실력은 월 1회뿐인 수업에도 눈에 띌 만큼 빠르게 늘어갔다.

"올여름에 시아버지가 돌아가셨어요."

어느 해 초여름 병상에 누워 있던 시어머니를 보내고, 그 뒤를 따라가듯 돌아가신 시아버지는 혜진이 일본 요리 책을 보면서 만든 니신소바^{달큰하게 조려 말린 청어를 고명으로 올린 일}_{본식 메밀국수}를 맛있게 드셨다고 한다. 며느리가 직접 만든 음식을 먹는 것만으로도 행복해하던 시아버지가 돌아가셨다니……. 나는 같은 한국에 살고 계신 시부모님에게 요리를 만들어 대접할 기회가 많다. 하지만 일본에 계신 우리 부모님에게 일 년에 몇 번이나 요리를 해드렸는지, 함께 식탁을 둘러싼 적이 언제였는지 가물가물하다. 하물며 일본에 돌아갈 때마다 마주하는 연로한 부모님 모습을 떠올리니 마음에 쓸쓸함이 짙게 스며들었다.

가끔 본가에 가면 요리사인 아버지가 만들어주는 음식을 먹고 싶어서 내가 요리하는 경우가 거의 없다. 다만 일본에 가기 전 늘 엄마가 나에게 전화로 부탁하는 것만은 챙겨둔다.

"근처 가게에 생닭 세 마리 주문해놨어. 삼계탕에 넣을 인삼이랑 대추, 까먹으면 안 돼!"

삼계탕 재료 공수 요청이 들어오면 부랴부랴 경동시장에 들러 세관 기준을 넘지 않을 만큼만 재료를 사서 가방에 넣는다. 본가에서는 손 하나 까딱 안 하는 불효자식이지만, 드물게 한국 요리를 할 때가 있다. 바로 잣죽이다. 입이 짧은 엄마는 웬일인지 잣죽을 좋아했다.

"앞으로는 세계화 시대니까 해외에 나가서 살 거야."
대학교 졸업식 다음 날, 나는 혼자 스페인행을 정한 뒤 커다란 캐리어를 끌고 나리타공항으로 향했다. 부모님과 제대로 마주 앉아 장래에 관한 이야기도 해보지 않고 멋대로 정한 일이었다. 어렸을 때부터 엄마는 우리 남매의 옷차림이나 교우 관계에 관해서는 과잉 간섭을 하고, 학교 공부나 학원에 관해서는 알아서 하라는 식으로 방임했다. 우리는 그 사이에서 왔다 갔다 흔들리며 사춘기를 보냈다. 자연스레 자기 진로는 부모님에게 상담하지 않고 스스로 정해왔다. 그러고 보면 지금까지 엄마와 진지하게 서로를 마주한 적이 거의 없는 것 같다.

그러니 엄마가 잣죽을 좋아한다는 사실도 나중에서야 알았다. 엄마는 왜 잣죽을 좋아할까. 미각도 보수적인 엄마가 처음 먹는 특이한 맛이어서 좋아할 리는 없을 터였다. 내가 대학교를 졸업하고 부모님 곁을 떠날 무렵, 딱 지금의 내 나이였던 엄마는 갱년기에 접어들었고 자율신경 기능이상 같은 갱년기장애를 심하게 앓았다. 그럼에도 엄마는 고지식해서 남동생과 아버지에게 말도 안 하고 홀로 괴로운 시기를 견뎠다. 그때가 1990년대 초반이니 유럽에 거는 국제전화 비용은 비쌌고, 지금처럼 페이스타임이나 카카오톡 같은 통신 수단도 없었기 때문에 스페인에 사는 딸에게 증상을 알리기도 쉽지 않았다.

"요 며칠 식욕이 없어서. 엄마는 이 칡가루면 돼."

향수병을 달래려고 일 년에 한 번씩 일본에 돌아간 나에게 엄마는 말했다. 눈에 띄게 홀쭉해진 엄마는 일 년 만에 만나는 딸에게 먹일 따뜻한 흰밥과 된장국, 꽁치 소금 구이 등 직접 만든 일본 집밥을 식탁에 올렸다.

"딱히 식단 조절을 해야 하는 것도 아닌데 소고기든 생선이든 영양가 높은 음식을 섭취해야지. 칡가루 같은 걸로 영양 보충이 되겠어?"

이십대이던 딸은 엄마를 향한 배려심이라곤 찾아볼 수 없는 목소리로 쌀쌀맞게 대꾸했다.

"칡가루는 예부터 몸을 따뜻하게 하고, 위장이 약해졌

을 때 먹으면 좋다 그랬어. 나가노에 계신 할아버지가 가르쳐주신 거야."

내가 젓가락으로 꽁치를 뒤적거리고 있으면 엄마는 따뜻한 물에 칡가루를 타서 티스푼으로 한 입씩 삼켰다. 마치 살아가기 위한 힘을 몸 안에 집어넣고 있는 것 같았다. 하지만 당시에는 알지 못했다. 살기 위한 힘을 되찾기 위해 음식을 만들고 먹는다는 것의 의미를 이해하게 된 것은 최근에 들어서다. 그 칡가루의 식감이 잣죽으로 이어지는 것이 아닐까. 엄마가 잣죽을 좋아하는 이유도 이제야 조금은 알 것 같다.

갱년기장애를 잘 지나온 엄마는 올해 84세를 맞았다. 치매가 조금씩 진행되고 있지만, 매일 아버지와 산책을 나가고 아버지가 만드는 요리를 즐기고 있다.

얼마 전 만난 혜진은 일주일에 몇 번씩 자신의 집에 와서 딸의 요리를 먹던 아버지가 코로나19로 사람들과 만날 수 없게 된 탓인지 우울해하며 식욕까지 잃었다고 걱정했다. 입이 짧아진 아버지에게 무엇을 만들어드리면 좋을지 고민하는 그에게 칡가루를 권했다. 한국의 칡가루는 일본 제품과 가공 방법이 달라서인지 꽤 쓴맛이 났다. 혜진의 아버지가 식욕을 되찾을 수 있도록 각자 칡가루를 어떻게 요리에 활용할지 고민해보기로 했다. 연로한 부모님의 식사를 걱정하는 혜진을 보니 남의 일만은 아니라는 생각이 들었다. 소중하게 보관해둔 일본산 칡가루도 조금 나눠주기로 했다.

'살아가기 위한 요리'란 무엇일까. 그리 오랜 인연은 아니지만, 요리 교실을 통해 만난 혜진이 던져준 화두다.

요
리
하
는

남
자
들

3~4년 전부터 진심으로 요리를 좋아한다며 구르메 레브쿠헨을 찾는 남성이 늘었다. 그전까지는 정년퇴직을 눈앞에 두고 아내에게 '이제부터 집에서 밥 해줘야지. 요리 교실에서 기본이라도 배우는 게 어때?'라는 소리를 듣고 강제로 다니게 된 남성, 와인을 너무 좋아해서 안주 만들기에 도전하는 대학교수 등 오륙십대 남성 몇 명이 다니는 정도였다.

하지만 한국의 중장년층 남성들은 '남자는 부엌에 들어가면 안 된다'라는 가정교육을 받고 자랐다. 그래서 '부엌'을 중심으로 펼쳐지는 요리 교실에 녹아들기 어려웠던 것일까. 아니면 같은 세대의 중년 여성이나 딸뻘 여성들에 둘러싸여 함께 요리하고 먹는다는 행위 자체가 고통이었을까. 한 학기가 끝나면 자연스레 하나둘 사라져갔다.

3년 전 개강한 남자 요리 교실에는 그런 오륙십대 남성들이 모였다. 그런데 거의 같은 시기, 대부분 여자로 구성된 일반 저녁 수업과 주말 수업에 삼사십대 남성들이 찾아왔다. 요리 교실 여성들에게 흑심을 품고 온 것은 아닌지 아주 잠깐 의심도 했는데, 그게 아니었다. 그들은 모두 누구보다 진지하게 요리와 마주하고 있었다.

"와, 제프! 오랜만이야. 잘 지냈어요?"

"네, 선생님. 엄청 보고 싶었어요!"

도쿄에서 대학원을 나온 제프의 일본어 악센트는 나무랄 데 없었지만, 나도 스스로 한국어가 서투르다고 생각하듯 그 역시 자신의 일본어가 서투르다고 생각했다. 우리는 돌려 말하는 법 없이 자기 기분을 단도직입적으로 표현했기에 제프와 일본어로 잡담을 나눌 때면 언제나 유쾌하고 즐거웠다.

얼마 전 연희동에 찾아온 제프와 오랜만에 재회했다. 변함없는 스킨헤드가 반가웠다. 그는 여전히 매일 10킬로

미터씩 조깅을 하고, 주말에는 서울의 산 이곳저곳을 뛰어다니는 트레일 러닝을 즐겼다.

일전에 남편이 주최한 위스키 강좌에 참석했던 제프는 당시 가방에서 명함을 하나씩 꺼내며 무려 여섯 개나 되는 직함으로 자신을 소개했다. 처음에는 사기꾼 아닌가 의심했는데, 전부 제대로 해내고 있는 사업이었다. 그의 에너지에 압도될 수밖에 없었다.

"선생님, 안녕하세요. 제프라고 합니다."

제프가 깊이 허리를 숙이며 일본어로 정중하게 자기소개를 했다. 오랜 기간 요리 교실에 다녔던 소영의 소개로 찾아온 제프는 친구 몇 명과 요리 교실에서 즐겁고도 진지하게 요리를 배웠다. 제프뿐만 아니라 홀로 요리 교실에 찾아오는 남자들의 공통점은 묵묵히 집중하며 손을 움직인다는 것이다. 그는 늘 수업 시작 한 시간 전에 도착해 재료 손질에 전념했고, 수업이 끝나면 설거지도 척척해냈다.

소영이 요리 교실에 다니기 시작한 지 2년 정도 지났을 무렵 제프는 사정이 생겨 수업을 그만두었고, 어쩌다 보니 결국 그 수업 자체가 흐지부지됐다. 자연스레 제프와는 연락이 끊겼다. 그러다 우연히 제프에게 "우리 집에서 바비큐 할 건데, 안 올래?" 하고 물어본 것이 재회의 계기가 되었다. 항상 긍정적인 에너지를 주는 제프와 다시 만나고 싶은 마음도 컸다.

우리 집 마당의 산수국이 예년보다 빨리 피기 시작한 5월 봄날 저녁, 제프는 요리 교실에 다니던 때처럼 약속 시간보다 한 시간이나 일찍 나타났다. 1층에 들어선 그는 마치 그곳이 자기가 있어야 할 곳인 양 익숙한 손놀림으로 바비큐 준비를 도왔다. 나는 진중한 표정의 제프에게 요리 순서를 알려주기만 했을 뿐, 쌓인 이야기꽃을 피울 만한 분위기는 아니었다.

마당에서 남편이 그릴에 불을 지피고 있을 때, 대형 연예기획사에 근무하는 우지가 찾아왔다. 언젠가 음악과 요리를 융합한 비즈니스를 하고 싶다며 푸드 스타일링을 배우고 있는 우지에게 음향 설계사 직함도 있는 제프를 소개할 심산이었다.

요리를 가르칠 때는 긴장 상태인 나도, 친구들과 바비큐를 할 때면 절로 편안해진다. 그날 샐러드와 바비큐에 곁들일 채소, 소스 준비까지 거의 제프가 도맡아 했다. 나로 말할 것 같으면 달리 거들 게 없었기 때문에 입으로 제프에게 만드는 법을 설명하면서 마당과 부엌을 오갈 따름이었다.

쥬비가 끝나고 넷이 모여 샴페인으로 건배를 했다. 특별한 식재료나 음식이 없어도 마음 맞는 친구들과 맛있는 술, 음식을 함께할 수 있다는 건 돈으로 환산할 수 없는 행복이다. 거나하게 취기가 돈 나는 와인 잔을 기울이면서 제프에게 물었다.

"제프, 처음에 왜 요리를 배우기로 했어?"

"원래 호기심이 왕성해서 다양한 걸 경험해보고 싶었어요. 새로운 일에 도전하면 가슴이 뛰어요. 긍정적 사고와 에너지가 부글부글 끓어오른다고 해야 하나. 요리도 그중 하나인 것 같아요."

제프에게 요리란 자기 자신에게 부여하는 새로운 사명 같은 것으로, 그는 그 과정이 즐거워 견딜 수 없다고 했다. 모두가 그렇지는 않겠지만, 요리를 하는 동안 '이거면 됐나, 소금을 더 넣을까, 이렇게 썰면 안 되는데, 더 센 불에 삶을걸, 무 밑동을 쓰는 게 더 맛있을지도 몰라' 생각하며 몸을 움직이는 일련의 흐름 속에서 활력이 용솟음치는 듯하다. 나 역시 그랬던 것 같다. 일로 하는 요리든 가족을 위해 만드는 식사든 그 시간이 불과 20분밖에 걸리지 않더라도, 반대로 몇 시간이나 걸리더라도 나에게는 하나의 사명을 수행하는 무척 충실한 시간이다.

제프가 가장 만들고 싶은 음식은 수많은 '요리남'이 그렇듯 '겉모양은 별로일지라도 남자다움이 느껴지고 누구나 맛있어하는 음식'이라고 했다. 하지만 집에서는 간단한 요리만 하게 된다고 덧붙였다.

"그럼 다음 질문! 여기서 배운 레시피로 집에서 요리할 때, 무슨 생각 하면서 만들어?"

"제가 준비한 재료로 만들면 요리 교실에서 만들 때랑 얼마나 맛이 다를까. 선생님 레시피로 만든 제 요리를 먹어줄 사람의 만족스러운 표정을 상상하기도 하고, 어떤 요리를 같이 내면 좋을까 생각하기도 해요. 어쨌든 맛없지만 않도록, 그것만 바라면서 만들죠."

"마지막으로, 제프에게 요리란 뭐야?"

"오케스트라예요!"

제프가 주저 없이 대답했다. 음향 설계사란 직함을 지닌 그다웠다.

"요리는 관악기, 타악기, 현악기 등이 조화를 이뤄 소리를 만들어내는 오케스트라와 비슷한 것 같아요. 요리도 가르치는 사람, 배우는 사람, 먹는 사람, 식재료, 조리 도구, 환경 등 필요한 요소가 각각의 자리에서 역할을 맡아야 그때그때 목적에 맞는 조화로운 요리가 탄생하잖아요. 그러니까 식재료 손질부터 그릇에 담을 때까지, 요리의 모든 과정이 음악을 연주하는 것과 닮지 않았나요?"

제프는 마지막에 요리에 따라 들리는 음악이 다르다는 말도 덧붙였다. 멋진 요리론이었다. 요리를 가르치는, 생각하기에 따라서는 세상에 있어도 그만 없어도 그만인 직업이 한국에서 살아가는 양식 중 하나가 되어버린 나. 그런 내가 과연 같은 질문을 받았을 때, 제프처럼 훌륭한 요리론을 설파할 수 있을까.

제프를 비롯해 구르메 레브쿠헨에 찾아오는 요리남은 삼십대 중반부터 사십대 후반이 가장 많다. 재원은 한국에서 대학을 졸업한 뒤, 부모님과 함께 뉴욕으로 이주했다가 얼마 전 20년 동안의 미국 생활에 종지부를 찍고 서울로 돌아왔다. 그는 요리가 인간으로서 살아온 증거를 남기는 초상화 같은 것이라고 말했다. 미국과 한국을 오가며 살아온 재원의 생각이 담긴 그다운 음식이 어떤 초상화가 되어 식탁에 오를지 궁금하다.

제프처럼 일본어가 유창한 경종은 아마도 요리 교실

을 다닌 최초의 남자 수강생이었을 것이다. 그는 대학에서 일본어를 전공하고 대형 광고회사에서 막 일을 시작한 아트디렉터로 자신이 나아가야 할 길을 고민하던 청년이었다. 한 달에 한 번 요리 교실에 오는 날이면, 그는 양파를 다지면서 이대로 광고업계에 있을지 더 재미있는 일을 찾아갈지 고민했다. 요리 교실이 일상의 쉼표이자 오아시스 같은 존재라고 말했던 경종과는 이래저래 10년 넘게 알고 지냈다. 얇고 긴 인연을 이어가는 사이, 그는 결혼을 했고 가족에게 직접 요리를 만들어 먹이는 데서 행복을 찾고 있다. 물론 아트디렉터로서도 대활약 중인 그가 언젠가 직접 만든 요리를 선보일 날이 기대된다.

의대 진학을 포기하고 이십대에 패션 관련 직종에 종사하며 성공을 거둔 석환은 삼십대가 되어 미대에 진학했다. 멀리 돌아왔지만 요리와 예술은 공통점이 있다며 삼십대 후반에는 요리사의 길을 택했다. 요리 전문 학교와 연희동 요리 교실을 동시에 다니면서 석환이 했던 말이 기억난다. 요리도 미술처럼 머릿속에서 그린 무언가를 실제로 구현할 수 있는 쾌감에 미각까지 더해져 더욱 불꽃이 튄다며 흥분했었다. 그는 지금 이태원에 고급 레스토랑을 열어 파스타 소스 연구에 열중하고 있다.

남자 요리 교실에 다니는 창현은 오로지 요리를 잘하고 싶어서 연희동에 찾아왔다. 그는 혼자든 다른 사람과 함께든 언제 먹어도 맛있는 음식을 먹고 싶다고 했다. 요리 교실에서 배운 레시피로 만든 음식을 맛본 아내가 진짜 이 맛이 맞냐며 미심쩍은 표정으로 평가하자, 다음에는 더욱 맛있게 만들도록 노력해야겠다고 생각한 모양이었다. 창현에게 요리는 기대하며 기다리는 것이다. '이 요리가 맛있어야 할 텐데, 맛있다고 해줄까' 같은 기대. 그는 요리가 바쁘면서도 단조로운 일상에 소소한 기대로 가슴을 뛰게 하는 존재라고 했다.

계속 늘어나는 젊은 요리남들에게 이대로 요리를 가르쳐도 되는 걸까. 내가 훌륭한 본보기가 될 수 있을지 모르겠다. 심원한 요리 철학 같은 것을 어떻게든 만들어야 할 시점이다.

복숭아가 열리기를 기다리며

　"김포에서 빵집을 하는 요리 교실 학생이 있는데, 오늘 가게를 접는대요. 멀기도 하고 시국도 이래서 버스 타고 거기까지 가기가 좀 그랬거든요. 나중에 초대해서 맛있는 음식이나 대접하려고 했는데, 아무래도 다녀오려고요. 지금까지 고생했다는 의미로 한여름에 어울리는 꽃다발, 10시 반까지 부탁해요!"

　자주 가는 집 근처 지승의 꽃집에 이른 아침부터 급히 전화를 걸어 꽃다발을 주문했다. 김포의 빵집 이름은 '섬원스브레드someones bread.' 누구든 편히 들를 수 있는 빵집이길 바라는 마음을 담아 지었다고 한다. 화진은 오랫동안 요리 교실을 다니고 있는 제자이자 나의 훌륭한 조언자다. 그는 두 딸을 키우는 와중에도 자기 꿈을 제대로 실현해왔다. 이공계 출신인 화진은 졸업 후 엔지니어나 연구원 대신 제빵사의 길을 걷기로 했다. 결혼을 전후해 입시학원에서 이과 과목을 가르치며 베이커리와 제과 학원에 다녔다. 가게 입구 쪽 눈에 잘 띄지 않는 곳에 수료증을 넣은 액자가 걸려 있었다.

화진이 빵집을 열었을 무렵, 나는 돈의문박물관마을에서 키친 레브쿠헨을 운영하며 연희동에서는 실현하지 못했던 '음식과 다른 업종의 콜라보'를 기획하고 다양한 이벤트를 열었다. 요리 교실 수강생들이 각양각색으로 협력하면서 제각기 역할을 맡아 마음껏 재능을 발휘했다.

"이벤트에 쓸 간단한 빵이나 쿠키를 굽는 데는 이 오븐이 편할 거예요."

빵집 오픈을 준비 중이던 화진도 공방에서 사용하던 조리 도구는 물론 스팀 오븐까지 빌려줬다.

화진은 키친 레브쿠헨을 시작할 때부터 여러모로 도움을 줬던 현정의 소개로 요리 교실에 다니기 시작했다. 현정은 여의도에서 한국 전통 과자 교실을 여는 한편, 카

페도 운영하고 있었다. 미대 출신인 그는 화진의 빵집 로고를 디자인하거나 빵집 오픈에 맞춰 이런저런 조언을 해주는 든든한 파트너였다. 화진이 항상 언니라고 부르며 기대던 현정은 아쉽게도 그 이후 가족과 함께 캐나다로 이주하고 말았다.

화진은 빵집을 열기 전부터 연희동 요리 교실에 다니다가 빵집 오픈으로 분주해지기 시작할 때쯤 잠시 수업을 쉬었다. 그러다 장사가 안정적인 궤도에 오르고 나서는 매달 요리 교실에 꾸준히 나왔다. 아침에는 빵을 굽고 오후에는 가게를 관리하면서 저녁에 영업을 마친 뒤에야 차를 몰고 출발, 수업이 시작되고 나서 연희동에 나타났다. 빵집을 시작한 후 화진의 팔에는 오븐에 데어 생긴 작은 화상 자국이 끊이지 않았다. 제빵사를 꿈꾸는 젊은 직원도 여럿 있었지만, 스스로 만족할 수준이 아니면 마음을 놓지 못하는 성격이었다. 그의 몸 전체에서는 언제나 피로감이 배어 나왔다.

"가게가 조금 더 안정되고 직원들한테 맡길 수 있게 됐을 때 와도 돼. 종일 빵 굽고 아이들 밥 차려주고, 힘들지 않아?"

화진에게 몇 번이고 물어봤지만, 그는 늘 "여기 오는 게 내 유일한 즐거움이라 괜찮아요"라고 답했다. 나는 빵에 대한 그녀의 열정이 어디서부터 솟아오르는지 궁금했다. 단순히 발효하는 과정이 재밌다는 둥 뻔한 이유는 아닐 것 같았다. 화진에게서는 빵에 대한 의지, 나아가 근성 비슷한 것이 느껴졌다.

화진은 경기도의 어느 종갓집 막내딸로 태어났다. 어릴 적부터 집안 식사 준비를 도왔고, 늘상 '맛있는 식사'를 위해 무언가를 만드는 할머니와 어머니 밑에서 자라 자신도 모르게 부엌에 있는 시간이 길어졌다고 한다. 빵을 굽고 요리를 하는 것의 원점은 그때인 듯하다고 화진은 말했다. 빵이든 음식이든 '맛있는 것'을 추구하는 일에 몰두하게 된 것은 어쩌면 당연한 결과였다.

요리 교실이 끝나는 시간은 밤 10시. 연희동에 찾아온 수강생들은 시식을 하면서 와인도 몇 잔 마시고, 남은 음식은 밀폐 용기에 담아 귀가를 서두른다. 하지만 화진은 다음 날 쓸 반죽을 미리 해놓는다며 좋아하는 와인도 마다하고 김포까지 차를 끌고 갔다. 새벽녘부터 준비를 시작해야 해서 안 그래도 힘들 텐데, 직원도 있는데 왜 그렇게까지 전부 혼자 해내려고 하는 걸까. 자기 체력을 소진해가면서 빵집을 운영하는 그의 모습이 때로는 애처롭게 느껴졌다.

"빵집 힘들잖아. 게다가 화진 씨는 가정도 있고. 다른 사장님들처럼 제빵 수업을 해보는 건 어때?" 안쓰러운 마음에 물어본 적도 있다.

"처음에는 저도 '아틀리에 마망'이라는 작은 공방에서 제빵을 가르쳤어요. 제과제빵을 처음 배운 데가 '리치몬드제과기술학원'이라 거기서 배운 걸 가르치는 정도였죠. 그즈음 '빵드빱바' 이호영 선생님을 만나서 정통 프랑스 바게트를 배웠는데 물, 소금, 이스트만으로 담백하게 구워내는 것에 놀랐어요. 전통적인 빵 제법을 공부하려고 한국 '르 꼬르동 블루'에서 제과 코스를 수료했고요. 점점 욕심이 생겼다고 해야 하나. 수입산 밀가루가 아닌 국산, 로컬 재료를 사용한 빵을 구워 더 많은 사람에게 선보이려고 장사까지 하게 된 거예요."

그런 그녀가 폐업을 결심했다. 코로나19 영향으로 장사가 어려워져 닫게 된 것은 아니다. 화진 부부의 고향인 김포에서 빵집을 열고 3년 반, 매일같이 빵을 사러 오는 단골손님은 상상 이상으로 많았다. 간식이 아닌 주식으로서의 빵, 거기다 건강한 빵을 굽기 위해서는 국산 원료로 반죽을 하고 제철 식재료를 사용하는 등 영양까지 고려해야 한다. 그뿐만 아니라 동네 주민이 빵을 살 수 있는 부담 없는 가격이어야 한다. 결국 빵을 향한 화진의 순수함이랄까 무모한 열정 탓에 재료비 대신 인건비를 줄이느라 매일 밤 직접 반죽을 했고, 낮에도 쉴 틈 없이 직원들과 주방에서 빵을 구웠다. 당연히 사십대인 그의 체력은 한계에 달했다.

내가 좋아하는 일본 속담에 '복숭아와 밤은 3년, 감은 8년'이라는 말이 있다. 과일나무를 심으면 열매를 맺기까지 그에 상응하는 세월을 기다려야 한다는 뜻으로, 무슨 일이든 성취하려면 시간이 필요하다는 말이다. 복숭아나무와 밤나무를 심고 3년이 지나야 열매가 열리듯 화진의 빵집도 3년이 지나 지역 주민들에게 사랑받기 시작했다. 다만 아쉽게도 계속해서 성장해나가는 타이밍에 문을 닫게 됐다. 여전히 해결해야 할 문제는 산적해 있겠지만, 화진은 가게를 접은 지 일주일밖에 지나지 않아 초심을 되찾고 그동안 해보지 않은 새로운 시도를 하게 됐다.

그리고 올봄, 예상보다 빨리 같은 자리에서 '빵 비스

트로'라는 새로운 개념의 식당을 열게 되었다. 빵 굽는 셰프가 된 것이다.

초심으로 돌아가 빵을 굽는 화진을 다시 한번 생각한다. 나는 어떠한가. '요리'의 원점으로 돌아가 요리 교실의 방향을 비롯해 여러 고민을 하는 요즘이다. 빵집을 운영하는 3년 반 동안 바쁜 와중에도 요리 교실에서 쓸 빵을 구워 연희동까지 보내주던 화진. 자신이 구운 빵과 나에게 배운 요리로 더욱 맛있는 음식을 만들기 위해 시행착오를 거듭한 그와 재미난 일을 도모해보고 싶다.

집착 없이 담백하게

책도 인연, 사람도 인연

모든 것이 우연이었다.

우리 집 1층에 거주할 다음 세입자를 찾고 있을 때, 이십대 후반이던 '그' 편집자가 집 근처 부동산을 통해 방을 보러 왔다. 그에게는 '이십대 피부에 원래 이렇게 윤기가 흐르나' 싶을 만큼 젊음의 에너지가 넘쳤다. 이런 사람이 우리 집에 살면 좋겠다고 직감했다. 결국 그와 룸메이트가 같이 계약을 했고, 두 사람은 그로부터 4년 동안 내 인생의 한 페이지를 함께 채워줬다.

1층과 2층에 현관이 따로 있는 데다 차고와 정원을 공유하면서도 차 소리가 들리면 '아, 왔나 보다' 하고 말 만큼 그다지 서로를 신경 쓰지 않는 관계였다. 다만 2층 주거 공간에서 요리 교실을 열었기 때문에 자주 "정 상, 이거 요리 교실에서 만들고 남은 건데 저녁으로 먹어!"라거나 "와인 딸 건데 어때? 밤에 시간 나면 2층 올라올래?" 같은 말을 건넸다.

주말 저녁, 주로 음식을 많이 만들었을 때나 환풍기에서 맛있는 냄새가 날 때면 '아, 1층도 식사 시간인 것 같으니 저녁에 만든 무사카^{다진 양고기나 소고기에 가지, 감자, 토마토 등을 겹겹이 쌓아 굽는 그리스 음식} 좀 나눠 줘야지' 생각했다. 나는 음식을 만들고 싶다는 욕구가 생기면 동시에 그걸 누군가에게 먹이고 싶다는 충동에 휩싸인다.

"선생님한테 늘 얻어먹기만 해서요. 다음 주 토요일 점심은 1층에서 어떠세요? 창피하지만 할 줄 아는 게 없어서 엄마가 담가준 김치랑 간단한 반찬뿐이긴 한데……."

편집자가 나에게 말했다. 그거면 어떠랴. 초대해주는 마음만으로도 기뻤다.

그때부터 집주인과 세입자의 관계가 점점 긴밀해져 갔다. 이 또한 음식과 와인 덕분이다. 고양이를 좋아하는 편집자와 방송국 프로듀서인 룸메이트가 생활하는 1층을 자주 오가는 사이, 편집자는 2층에서 펼쳐지는 요리 교실에 관심을 갖기 시작했다. 파에야와 무사카를 어떻게 만드는지 알고 싶다던 그는 수강료를 내고 한 달에 한 번 지중해 요리 수업을 듣게 되었다. 다른 수강생들과 마찬가지로 진지하게 수업에 임했다.

"다음 주말에 인천 집에 가서 가족들한테 만들어줄 거예요!"

그는 의기양양하게 말하며 파에야가 담긴 접시와 레시피를 들고 1층으로 내려갔다. 하지만 그러고 나서 딱히 사진을 보내주거나 언급한 적이 없어 실제로 만들어봤는지는 모르겠다.

"요리책을 출간하는 부서가 아니라 걱정이지만, 선생님 파에야랑 지중해 샐러드 책을 꼭 내고 싶어요."

우리 집에 온 지 2년 정도 지났을 무렵, 그가 평소처럼 함께 와인을 마시다 나에게 제안했다. 드디어 왔구나. 언젠가 꼭 내고 싶었던 요리책. 요리 교실을 운영하면서 에세이는 써봤지만 요리책은 처음이었다. 내 요리 레시피와 사진이 한 권의 책이 되어 세상에 소개된다니, 두말없이 승낙했다. 당시 에세이 두 권을 출간한 상태였는데, '요리 선생'이라는 명함을 갖고 싶다는 욕망과 어린 시절부터 좋아해온 요리책에 대한 동경이 마음속에서 복잡하게 뒤섞였다.

"첫 번째 책이 실용서로 분류되는 요리책이 아닌 것에 감사합시다. 에세이 출간은 나중에 당신의 중요한 이력이 될 거예요. 세 번째에 요리책을 내도 늦지 않아요. 조금만 기다려보자구요."

남편은 두 권의 에세이 다음에는 어떻게 해서든 요리책을 내고 싶다는 내 욕심을 억누르듯 딱 잘라 말했다.

에세이를 낸 것도 우연이었다.

요리 교실을 시작한 지 얼마 안 됐을 때, 당시 가까이 살던 동화작가 수강생이 일러스트레이터인 남편 전시회 오프닝에 타파스(빵, 생햄, 올리브, 해산물 등을 작은 접시에 내와 식사 전 먹는 스페인 음식) 케이터링을 해달라고 의뢰해왔다. 오호라, 이게 케이터링이라는 건가. 아버지에게 요리를 배우던 시절, 조수로 따라갔던 갤러리 사장님에게 용돈 조로 얼마를 받았었지. 그런 생각을 하면서 타파스에 쓸 미트볼과 핀초스(한 입 크기의 빵 위에 각종 재료를 올려 꼬치 등으로 고정한 스페인 음식) 같은 것을 만들어 홍대 근처 갤러리로 가져가 묵묵히 준비했다. 타파스가 아직 생소했던 탓인지 일부러 넉넉히 만들어 갔음에도 접시에 담자마자 동이 났다. 접시를 채우고 핀초스를 더 만들며 홀로 분주히 움직이고 있을 때였다.

"히데코 선생님? 한 페이지씩이라도 좋으니까 뭐라도 쓰시면 이쪽으로 연락해주세요!"

명함을 건네주고 바람같이 사라진 출판사 사장님. 신기하게도 그의 한마디에 몸 안에서 엄청난 용기라고 해야 할까, 에너지가 솟아올랐다. 일본에서 대학을 졸업한 후 어떤 분야일지 정확한 목표는 없었지만 언젠가 책을 써보고 싶다, 아니 책을 쓰겠지 하는 막연한 기대와 예감을 품고 있었다. 그러다가 일본이 아닌 한국에서 첫 에세이를 출간하게 된 것이다.

나는 문과 출신이면서 대학입시 때 국어(일본어) 점수가 낮아 재수를 했다. 아무리 영어나 세계사 과목에서 좋은 점수를 받아도 국어 문제를 못 풀다니, 일본인 자격이 없다며 열여덟 살다운 순진한 콤플렉스를 갖고 있었다. 하지만 대학에서 독일어와 언어학을 전공한 덕에 마침내 일본어와도 당당히 마주하게 되었다. 대학 생활에 적응해가던 어느 날, 학과 주임교수님이 다음 학과 계간지에 에세이를 써보지 않겠냐며 지나가는 말로 권했다. 한때 일본어에 콤플렉스가 있던 나는 당황해서 몸을 뒤로 무르며 말했다. "네? 마감이 언제인가요? 분량이나 주제는……." 가벼운 작문이나 소논문밖에 써본 적이 없는데 에세이라니. 불안한 마음이 컸지만, 써보기로 했다. 주임교수님이 나의 어떤 점을 높이 평가해 글을 써보라고 기회를 준 것인지는 지금도 수수께끼지만, 이때의 '점点'이 다음 '점'으로 이어졌다.

대학을 졸업할 즈음 메이저 신문사 국제부에서 인턴을 하게 됐다. 아직 아날로그 시대이던 1990년대. 서류를 복사하거나 세계 각국에서 시시때때 보내오는 뉴스를 기사화하는 바쁜 기자들의 '도우미'에 지나지 않았어도, 하나의 뉴스가 문장으로 쓰이는 과정을 배울 최고의 기회였다. 대학 졸업 후, 일본에서 사회인으로 사회에 한발 내딛기보다 동경하던 유럽에서의 생활을 선택한 나에게 신문사 국제부 부장님이 말했다.

"나카가와 씨. 바르셀로나에서 통신원으로 지내면서 파리 지국장 관리 아래 스페인 뉴스나 그곳에 사는 사람들 이야기, 바르셀로나 올림픽 전후 상황 등을 기사로 써보면 어때요?"

"해보겠습니다!" 나는 일말의 망설임 없이 대답했다.

모든 것이 우연과 행운만으로 이루어졌을까. 나는 출판사 사장님이나 주임교수님, 신문사 부장님처럼 목표나 꿈을 실현하려는 젊은이들에게 적절한 조언을 건넬 수 있는 사람일까. 요즘 들어 진지하게 고민하는 지점이다. 나에게 글을 쓸 기회를 준 인생 선배들 덕분에 작가로서 내일을 즐기게 됐다.

'점'은 우리 집 1층에 이사 온 편집자로 이어져 『지중해 요리』라는 첫 책이 되면서 또다시 새로운 점으로 넘어갔다. 요리 교실을 통해 커다란 점 이후에도 중간 정도 크기의 점들이 생겨나고 있다. 책과 요리의 관계, 둘 중 하나만을 이어갔다면 아마도 진작에 끊어졌을지 모른다. 요즘은 작은 점들이 조금씩 완만한 선을 그려가고 있다. 우연도 결국 노력하지 않으면 일어나지 않는다. 향후 10년, 다음 점들은 어떤 선을 그려나갈까.

"최 사장님, 잘 지내시죠? 바빠지실 때가 됐네요."

매년 4월 무렵이면 전라남도 신안군에 속한 도초도라
는 섬에서 천일염 염전을 일구는 '최 사장님에게 전화를 건
다. 평소 광양에 있는 매실 농가에 우메보시소금에 절인 일본식
매실 장아찌용 완숙 매실을 주문한 뒤, 우메보시를 절이는 데
필요한 만큼 소금을 주문하고 있다. 특히 봄부터 여름에
걸쳐 안초비나 유즈코쇼유자 껍질과 고추를 다져 만든 페이스트 형태의 향
신료를 만들기 위한 소금과 요리 교실에서 사용할 소금을
주문할 때가 많다. 휴대전화 너머에서 오랜만에 듣는 최
사장님의 기운찬 목소리가 흘러나왔다.

"오늘도 아침부터 염전 살펴보고 와서 애들 아침밥 챙겨주고 다시 염전에 들렀어요. 세 시간 정도 자나. 하루가 어떻게 지나가는지 모르겠습니다."

일 년에 몇 번 소금을 주문할 때나 소금에 관해 물어볼 것이 있을 때만 통화를 하는데, 최 사장님은 늘 같은 말을 한다. 염전 일은 어중간한 생활 방식으로는 엄두도 못 낸다는 사실을 새삼 알게 됐다.

"염전 일이 슬슬 바빠질 때라 전화드리기 죄송했는데, 소금이 필요해서요. 이번에는 요리 교실 수강생들 몫까지 포함해서 완숙 매실 180킬로그램 주문했어요. 소금은 40킬로그램 정도 필요할 것 같아요. 늘 보내주시던 우메보시용 소금으로요."

다음 날이면 우체국 택배로 소금 40킬로그램이 도착한다. 아무리 베테랑 택배 기사라도 무거운 것은 매한가지라 연신 죄송하다고 고개를 숙이며 소금을 받는다. 수강생들과 김장은 안 하지만 안초비와 우메보시 담그는 일만큼은 워크숍 형식으로 빼먹지 않는 연례행사다. 5월에는 기장시장에서 수십 킬로그램에 달하는 안초비용 작은 정어리가, 6월에는 광양에서 완숙 매실이 배달된다. 택배 기사가 이 집은 대체 무슨 장사를 하는 곳인지 의아해하지만 나는 그저 멋쩍게 웃어 보일 뿐이다.

요리 교실에서 도초도의 천일염을 사용한 지도 벌써 10년째다. 잡지 에디터인 수향이 나보다 먼저 최 사장님네 염전을 취재한 뒤 거래를 시작했고, 곧이어 나에게 목포 남단에 도초도라는 섬이 있는데, 소금 마니아인 최 사장님네 소금이 달고 맛있다며 추천해줬다. 수향에게 염전을 소개받고 나서 몇 년간 꾸준히 가루소금을 주문해왔다.

집밥을 차릴 때나 요리 교실에서는 프랑스와 영국 소금, 히말라야 암염, 파타고니아 천일염, 일본의 다테가마 소금^{외국에서 수입한 천일염을 물에 녹여 진한 소금물을 만든 뒤 팔팔 끓여 결정을 만든 소금} 등 세계 각국의 소금을 요리에 맞게 구분해서 사용하고 있다. 그러나 수입산 소금은 저렴하지도 않을뿐더러 주문하기가 번거로워서 주문한 다음 날 도착하는 최 사장님네 소금을 애용하게 되었다. 또 안초비와 우메보시를 직접 만들기 시작하면서 요리 교실 수업용으로 용도에 맞춰 생산 연도와 알갱이 크기가 다른 소금을 주문하고 있다. 이윽고 나도 수향처럼 도초도 염전을 직접 눈으로 보고 싶다는 생각이 들끓었다.

'최 사장님, 7월 말쯤 도초도에 가보려고 하는데요. 염전 일이 바빠서 제가 가면 오히려 방해만 되려나요?'

2017년 여름의 일이었다. 상반기 수업을 모두 마치고 여름방학을 맞아 어디로 갈까 고심하던 차에, 문득 도초도 염전에 가보자는 생각이 들어 최 사장님에게 메시지를 보냈다.

"아무리 바빠도 선생님이 오신다면 언제든 시간을 비워둬야죠."

최 사장님은 나에게 전화를 걸어 정중하면서도 씩씩한 목소리로 대답해줬다.

남편 휴가에 맞춰 스페인산 위스키와 카바스페인의 특정 지역에서 생산되는 스파클링와인를 한 병씩 챙기고, 즐겨 쓰는 베제카 올리브오일과 스페인산 파프리카파우더를 여행 가방에 넣은 뒤 염전으로 출발했다. 평소 외부 행사에서 요리를 할 때는 내 소금을 꼭 가져가는데, 남편이 염전에 소금을 가져가는 바보가 어디 있냐며 핀잔을 주어 그만뒀다. 결국 문어와 생선에 두루 잘 어울리는 올리브오일과 파프리카파우더만 들고 갔다.

KTX를 타고 목포까지 가서 고속선으로 갈아탄 뒤 도

초도까지 다시 한 시간. 예상보다 가까웠다. 단순한 우연이지만, 사실 신안군의 섬에 방문한 것이 처음은 아니었다. 지금은 대학생인 아들이 초등학교 5학년 정도 됐을 때, 도초도와 다리 하나로 연결된 비금도에 간 적이 있다. 당시에는 최 사장님도, 도초도의 염전도 몰랐다. 다만 고등학교 졸업 때까지 10년간 살았던 아버지의 고향, 사토시마섬이 그리워져 꼭 다시 도초도에 가보리라 마음속으로 다짐했더랬다.

"한국전쟁이 끝나고 전쟁고아였던 할아버지가 도초도로 오셨어요. 당시 염전 산업을 육성하기 위해 섬 방파제 조성 공사를 하고 있었는데, 섬 주민들은 나라에서 제공하는 밀가루로 배를 채우며 방파제나 염전 공사 일로 생계를 이어갔죠. 아버지는 중학교를 졸업한 뒤 할아버지와 함께 본격적으로 염전 사업에 종사했습니다. 섬 생활이 싫어 고향을 도망치듯 떠난 저도 결국 25년 전에 섬으로 돌아와서 아버지를 도우며 염전 일에 몰두하고 있어요."

최 사장님은 바쁜 와중에도 우리를 SUV 차량에 태우고 씽씽 달리며 이틀간 종일 섬을 안내했다. 돌아다니면서 섬 생활과 혹독한 염전 일에 관해서도 자세히 들려줬다.

몇 시간 뒤, 최 사장님이 아는 어부에게 받은 문어와 도초도의 유일한 농협 마트에서 구입한 감자를 항구 앞 숙소 부엌에서 삶았다. 잘 삶아진 문어에 올리브오일과 파프리카파우더, 염전에서 얻은 소금을 듬뿍 뿌려 스페인 갈리시아풍 문어 요리를 최 사장님에게 대접했다. 우리 세 사람은 서울에서 가져온 위스키와 카바로 기분 좋게 취해갔다.

　　서울로 돌아온 이틀 뒤, 도초도에서 생산 연도와 과정이 제각각인 소금들이 도착했다. 그것도 무려 한 봉지에 10킬로그램짜리가 열 종류나 되어 솔직히 조금 당황스러웠다. 최 사장님은 나에게 전화로 소금들을 어떤 요리에 어떻게 사용하면 좋은지 연구해달라고 부탁했다.

　　그때 소금 연구에 집중했다면 좋았겠지만, 매일 수업과 잡무에 시달리느라 그러지 못했다. 결국 3년간 받은 소금을 요리에만 써보고 연구 결과다운 사용법은 무엇도 내놓지 못한 상태다. 수입산 소금이나 국내의 다른 생산자가 만든 소금도 같이 사용하면서 몇 가지 알게 된 것도 있지만, 최 사장님 앞에서 연구 성과라고 당당히 보고할 만한 정도는 아니다.

　　그러나 상황이 어떻든 안초비와 우메보시를 절일 소

금은 주기적으로 필요했기 때문에 떳떳하지 못한 기분으로 최 사장님에게 전화를 걸 수밖에 없었다.

"올해도 안초비의 계절이 돌아왔네요. 항상 주문하는 소금으로 부탁드려요."

최 사장님은 소금 연구가 어떻게 되어가고 있는지는 묻지 않고, "매년 보내는 것보다 좋은 소금으로 보내드릴게요!"라는 말뿐이었다.

다음 날, 그 '좋은 소금'이 집에 도착했다. 알갱이가 5밀리미터에서 1센티미터 정도 되는 정방형의 다이아몬드 같은 소금이었다. 연구용 소금 중에도 비슷한 것이 있지만, 그 소금은 정말 예뻤다.

"일반적으로는 소금을 생산하고 남은 고농도 소금물을 재사용해 생산량을 늘리는 방법을 써요. 다시 말해 일년에 8개월 동안 60회 이상 소금을 생산합니다. 하지만 그 큐브형 소금은 12개월 동안 5회밖에 생산하지 못해요. 한 번도 소금을 만든 적 없는 순수한 소금물을 사용하기 때문에 바닷물에 함유된 미네랄을 최대한 살릴 수 있습니다."

그렇구나. 다만 알갱이가 큰 편이라 믹서로 잘게 분쇄해 안초비와 완숙 매실을 절였다. 아직 숙성 중이라 맛이 어떤지는 알 수 없다. 북풍이 쌩쌩 불 무렵이 되면 늘 담그던 안초비, 우메보시와는 어떻게 다른지 맛볼 생각이다.

어떻게 해서든 큐브형 소금을 만드는 염전이 보고 싶어 다녀온 도초도. 그 이후 구르메 레브쿠헨에서 인연을 맺은 멤버 몇 명과 함께 다시 도초도를 찾았다. 목포항여객터미널에서 만나기로 하고, 지난번 먹은 갈리시아풍 문어 요리를 다 함께 먹기 위해 똑같은 재료를 챙겨 갔다. 우리는 도초도 선착장 앞 숙소에 놓인 평상에서 밤이 깊을때까지 각자 들고 온 화이트와인을 홀짝홀짝 마시며 소금을 향한 최 사장님의 열정 어린 목소리와 파도 소리에 귀를 기울였다.

최 사장님에게 앞으로의 목표가 무엇인지 물었다.

"제가 염전 일을 이어받겠다고 했을 때 주변에서 반대가 심했어요. 만일 제 아들이 염전 일을 해보겠다고 한다면 '그러냐. 힘들지만 재미있는 일이지'라고 말할 수 있는 환경을 마련해주고 싶습니다. 또 저희가 만든 소금이 더 많은 사람에게 쓰였으면 좋겠어요."

나도 구체적인 계획 없이 계속 미뤄왔던 소금에 관한 연구를 본격적으로 시작했다. 내년 이맘때는 최 사장님과 조금 더 깊이 있는 소금 이야기를 나눌 수 있을 것이다.

"잘 삶아진 문어에
올리브오일과 파프리카파우더,
염전에서 얻은 소금을 듬뿍 뿌려
스페인 갈리시아풍 문어 요리를
최 사장님에게 대접했다.
우리 세 사람은 서울에서 가져온
위스키와 카바로 기분 좋게
취해갔다."

모든 것을 담는 그릇

"어머, 마늘을 그렇게나 많이 넣는구나!"

"그럼. 마늘은 이렇게 확실히, 많이 넣어야 돼. 어중간하게 넣으면 양념 맛이 균형을 못 잡지."

경주 출신 예바라기 선생님이 그 자리에서 되받아쳤다. 선생님이 애용하는 오래된 한국 놋숟가락으로 간 마늘을 듬뿍 떠서 고추장과 설탕이 담긴 양념 그릇에 덜었다. 설명을 듣던 수강생들은 모두 진지한 눈빛으로 선생님의 손끝을 주시했다. 일반 계량스푼보다 두 배 정도 양이 많다는 것을 확인한 후, 그릇에 덜어낸 마늘 양을 4큰술로 어림짐작해 각자 노트나 휴대전화 메모장에 적었다.

예바라기 선생님 요리 교실에는 세계 어느 나라의 요리 교실에서나 나눠주는 '레시피'라는 것이 존재하지 않는다. 그래서 우리는 선생님 입에서 쏟아져 나오는 설명과 분주한 손동작에 온 신경을 집중한다. 전복 떡국, 고사리와 루꼴라 샐러드, 바싹 불고기, 고추장 양념에 무친 더덕과 돼지 항정살 볶음, 안심 육전 등은 수십 번을 배워도 항상 새로운 메뉴처럼 보인다. 김장도 몇 번이나 했는지 모르겠다.

예바라기 선생님의 요리 교실은 서울 강남 한쪽, 나무가 빽빽하게 들어선 내곡동 숲속에 자리하고 있다. 선생님은 또 이태원에서 한국의 놋그릇이나 도기, 소도구 골동품을 취급하는 앤티크 숍도 운영한다. 그 가게 이름이 '예바라기'다. 알고 지내던 잡지 에디터가 자택에서 한국 요리를 가르치는 멋진 선생님이 있다고 해서, 10년 전쯤 함께 방문한 것이 인연의 시작이었다.

그때 선생님은 한국의 전통 조리 도구나 선반, 소반이 다닥다닥 놓인 3~4평 정도의 작은 가게 안쪽에 앉아 보자기를 꿰매고 있었다. 은은하게 빛나는, 느슨하게 컬이 들어간 중단발에 웃는 얼굴로 우리를 맞아줬다.

선생님이 한다는 내림 음식에 대해 나름대로 해석해 봤지만, 요리 교실에 다니기 전이어서 감이 오지 않을 때였다. 선생님이 말했다.

"큰딸이 초등학생일 때 부산에 살았는데, 근처 시장에 있던 생선 가게에서 횟감용 넙치를 사 와가지고, 참기름으로 밑간한 밥을 동그랗게 뭉친 다음에 양념을 깨끗이 씻어 낸 묵은지를 썰어 올리는 거야. 그 위에 얇게 뜬 넙치살을 얹어서 내 식대로 넙치 초밥을 애들한테 만들어줬지. 큰딸이 이십대 초반에 미국으로 유학을 갔는데, 거기에서 결혼까지 하고 딸 둘을 낳았어. 올여름 미국 딸네 집에 갔더니 예전에 내가 만들어줬던 반찬을 그곳 재료로 비슷하게 만들고 있지 뭐야. 놀랐지. 결국 부모가 자식에게 물려준 건 돈 내고 배우는 거랑은 달라. 딱히 가르쳐준 적도 없는, 대대로 전해지는 맛과 마음은 나도 모르는 사이에 몸에 배는 법이거든."

그렇구나. 대대로 전해지는 맛과 마음. 내림 음식은 한국 각지에 예부터 전해 내려오는 향토 음식이나 종가 음식, 한때 유행한 소울 푸드와 다르다. 내림 음식 수업은 맛을 재현하는 레시피가 아닌, 그 레시피에 담긴 진수를 이어받는 것이다. 오미五味신맛·쓴맛·매운맛·단맛·짠맛의 다섯 가지 맛를

감지하고 구분하는 능력을 잘 갈고닦으면 이 분야에서 자기 몫을 해내는 사람으로 성장할 수 있다.

내곡동 숲에 낙엽이 질 무렵이면 예바라기 선생님은 김장 참가자를 모은다. 예바라기 요리 교실에 다니던 초창기에는 서울 시내 아파트에서 수업이 진행되어 큰 규모의 수업은 어려웠는데, 산속 집으로 이사한 후에는 염원하던 김장 수업도 하게 되었다. 선생님 가족이 먹을 김장을 하면서 우리에게 만드는 방법을 가르쳐주는 것이 아니라 우리가 먹을 것까지 함께 담근다.

"배추는 지리산, 액젓은 빽빽이액젓. 멸치액젓으로 하면 맛이 안 나. 고춧가루는 늘 쓰던 할머니네. 마늘이랑 가랑파(실파)는 농협에서 사면 되고. 아, 무시는 정수 무시. 정수 무시는 마트 같은 데서는 안 팔아. 시장 아저씨한테 부탁해서 경매 나왔을 때 좀 받았지."

예바라기 선생님은 김장용 재료를 준비하기 위해 11월 초부터 분주하게 돌아다닌다. 김치 맛이 재료에 따라 변해서는 안 된다는 사명감 때문이다. 제자들에게는 절대 약한 소리를 하지 않지만, 선생님의 등근육은 늘 긴장감에 굳어 있어 김장 날이 되면 체력이 한계에 다다르는 게 눈에 보였다. 매년 대야와 김치를 보관하는 커다란 용기를 몇 개나 준비하고 작업용 장화와 비닐 앞치마를 서둘러 가져가지만, 우리가 도착할 때쯤에는 이미 거대한 적갈색 대야마다 양념이 가득 담겨 있었다.

아시아권 식문화에서는 '장醬'을 빼놓을 수 없다. 아시아 국가들에는 기후에 상관없이 만드는 법은 달라도 쌀이나 콩, 소금, 설탕을 주원료로 하는 발효식품이 있으며, 그 발효식품은 해당 국가의 요리를 완성하는 데 꼭 필요한 조미료이다. 한국 요리에도 간장, 된장, 고추장, 액젓, 젓갈 등 다양한 발효식품이 쓰이는데, 예전에는 각 가정에서 이것들을 항아리에 보관해왔다.

다만 현대사회에서는 거주 환경과 맞벌이 등 생활 형태의 변화 때문에 대부분이 시중에 파는 제품으로 대체되었다. 예바라기 선생님은 그런 시대의 흐름에 역행하듯 제자들에게도 집에서 된장이나 간장을 발효시키고, 김치도 만들라고 입에 침이 마르도록 가르친다. 11월 말에 김장이 끝나면 선생님은 당분간 드러눕고 만다. 얼마 후 체력을 회복하고 봄이 가까워올 때쯤 선생님은 수강생들에게 문자메시지를 보낸다.

'올해는 힘드니까 된장은 패스. 그래도 고추장은 만듭시다!'

선생님은 얼어붙는 듯한 추위 속에서도 내곡동 숲속 집 앞마당, 직접 만든 가마에 사과 물엿을 끓이기 시작한다.

예바라기는 '모든 것을 담는 그릇'이라는 의미의 고어다. 현재는 특정 그릇의 이름으로 사용되고 있지만, 옛날에는 밥그릇과 국그릇, 보시기, 종지, 접시, 항아리 등의 통칭이었다고 한다. 예바라기라는 단어의 의미를 다시 생각해보면 평생 동안 미식을 추구한 일본 근대 도예가 기타오지 로산진北大路魯山人의 "그릇은 요리의 기모노다"라는 말이 떠오른다. 실제로 가장 저렴하게 구할 수 있는 제철 채소를 삶아 소금 간만 해서 좋은 그릇에 담아내기만 해도 그럴싸한 요리가 된다. 예바라기 선생님은 '예바라기'라는 이름 안에 더욱 많은 것을 담고 싶었는지도 모른다.

요리 만드는 법을 알려주는 레시피만으로는 전할 수 없는 그 이상의 무언가. 대대로 전해줘야만 하는 맛, 소박한 음식 하나라도 그 가정에 전해오는 추억, 우리가 매일 먹는 음식의 소중함, 음식의 정신까지. 한 입 먹어봐야 비로소 알 수 있는 것들을 말로 표현하기란 실로 어렵다.

2020년, 프랑스 요리 셰프였던 아버지의 레시피를 정리하며 아버지와의 추억을 엮어낸 『아버지의 레시피』가 출간되었을 당시, 예바라기 선생님이 나에게 전화를 걸어왔다.

"이 책은 문화유산이야. 히데코 씨는 아버지와 보낸 시간하고 추억이 가득 담긴 레시피를 공유할 수 있으니 얼마나 행복한 사람이야! 부럽다. 축복이야."

통화를 마치고 나서 왈칵 눈물이 났다. 선생님의 메시지를 직접 전하기 위해 아버지를 만나러 일본에 가고 싶었지만, 코로나19 탓에 책만 보내야 했다.

다가올 시대에 우리에게 진정한 행복은 무엇일까. 값비싼 식재료로 만든 호화로운 음식보다 제각기 가정 안에서 전해 내려오는 '맛'을 체험할 수 있다는 것 자체가 행복일지도 모른다. 이 당연한 행복을 점점 더 느끼기 어려워지는 현실이 안타깝다.

요리에도 에필로그가 있습니다

구르메 레브쿠헨 부엌에는 분명 식기세척기가 있지 만 거의 사용하지 않는다.

"여러분, 오늘 밤에는 와인을 너무 많이 마셔서 식기 세척기로 닦을게요."

수업이 끝난 뒤, 상황을 보고 싱크대 바로 옆에 놓인 식기세척기 문을 여니 수강생들의 원성이 자자했다.

"뭐예요, 선생님. 식기세척기 있잖아요!"

불평까지는 아니지만 살짝 어이없다는 표정으로 나 를 본다. 순간적으로 내가 학생들을 괴롭히는 악덕 교사가 된 것 같아 주춤했다. 전혀 그럴 일이 아닌데도 괜히 당황

한 것이다.

　요리 교실에서는 시식을 마친 뒤, 별일이 없는 한 다함께 뒷정리를 하며 수업을 마무리한다. 욕심을 부리자면 우엉 껍질을 깎거나 오징어 내장을 제거하는 등 식재료 손질부터 같이하고 싶지만, 시간상 수업 전에 미리 온 수강생들의 도움만 받아 손질을 끝내놓는다. 이는 요리에 대한 나의 마음가짐이므로 어쩔 수가 없다. 간혹 수강생들이 스태프나 도우미를 고용하라고 이야기하는데, 이상하리 만큼 누군가를 고용해 '도움받는 것'을 못 하겠다. 내가 해치우는 편이 빠르다며 수업이 있는 날은 아침부터 혼자 동분서주한다.

　수강생들과 재료를 다듬고 레시피대로 조리를 하며 왁자지껄하다 보면 어느새 모두의 손에서 하나둘 음식이 완성된다. 그럼 일단 앞치마를 벗고 오늘의 음식이 놓인 식탁에 앉아 와인이든 주스든 한잔한 후 설거지로 넘어간다. 이 과정이 오랜 시간 이어져온 구르메 레브쿠헨의 루틴이다. 그래서 더욱 수강생들과 나 사이에 누군가가 존재한다는 것이 염려스러웠다. 연희동까지 찾아와준 한 사람 한 사람을 제자라고 생각하면, 그 사이에 다른 사람을 두고 싶지 않기도 했다.

"요리 교실 덕분에 집에서도 설거지를 척척 하게 됐어요." "다른 사람 집에 놀러 가면 누가 시키지 않아도 어느새 설거지를 하고 있어요."

요리 교실에 오래 다닌 수강생들이 입을 모아 농담 섞인 진심을 꺼내놓는다. 그 말을 듣고 있으면 칭찬인지, 설거지를 시키는 선생님을 향한 투정인지 헷갈려서 어쩐지 겸연쩍은 기분이 들 때도 있다.

싱크대에서 수강생 두 명이 뽀득뽀득 설거지를 하고, 뒤쪽에서는 여럿이 다 닦은 식기를 착착 정리하는 평화로운 풍경. 그런 흐름을 끊어버리듯 나도 모르게 쓸데없는 잔소리를 하고 만다.

"어머, 접시에 거품 묻었네. 앗, 아직 끈적거려."

늘 감시하는 것은 아니다. 어쩌다 지나가면서 접시에 묻은 거품을 발견했을 뿐이다. 내 입으로 말해놓고도 '거품 조금 묻었다고 큰일 나는 것도 아닌데, 다 같이 뒷정리해주고 있는데 바보같이' 하며 내심 후회하기도 한다.

설거지에도 그 사람의 성격이 드러난다. 몽실몽실 거

품 낸 스펀지로 식기를 박박 닦아 따뜻한 물에 말끔하게 헹군 뒤, 물기가 잘 마르도록 신경 써서 건조대에 차곡차곡 쌓는 일련의 동작을 보면 반할 것만 같다. 그 정도로 완벽하게 설거지를 하는 사람은 싱크대 주변에 이리저리 튄 물기까지 마른 행주로 훔쳐 반짝반짝하게 마무리한 뒤 주방을 떠난다.

'이 사람은 집에서도 이렇게 하겠지, 평소에도 성실한 삶을 사는 사람이겠구나.' 설거지에 열중하는 모습에서 그 사람의 생활상을 엿본다. 극소수지만 대충대충 하는 나 대신 가스레인지에 눌어붙은 얼룩도 깨끗하게 닦아주거나, 의자 위로 올라가 환풍기를 알코올로 싹 닦아주는 이들도 있다. 그럴 때면 나는 이 은혜를 어떻게 갚아야 하나 황송한 마음까지 든다.

설거지가 끝나면 다음은 싱크대 옆에 쌓인 행주. 용도별로 행주를 나눠 쓰던 엄마의 영향으로, 나는 '행주 오타쿠'가 되었다. 요리 교실 부엌 서랍을 열면 툭 튀어나올 만큼 다양한 행주가 꽉꽉 눌러 담겨 있다. 조리대나 테이블, 싱크대를 닦는 식탁 행주, 설거지한 접시와 조리 도구 등을 닦는 리넨이나 면으로 된 티타월, 무엇이든 닦고 냄비를 집을 때 사용하는 무인양품의 거즈……. 요리 교실을 한 번 할 때마다 서랍에서 행주들이 몇 장씩이나 나오니, 뒷정리를 마치고 나면 빨아야 할 행주가 산더미다.

다 쓴 행주를 싱크대에서 한 장씩 벅벅 문질러 빨아 싱크대 옆이나 조리대에 주름을 쫙 펴서 말린다. 행주에 주름도 냄새도 남지 않을 만큼 깨끗하게 빨아준 사람에게 는 감사한 마음에 절로 고개가 숙여진다. 하지만 나는 얼 룩이 심한 것은 끓는 물에 삶아 소독한 뒤 세탁기에 돌려 야 직성이 풀리는 사람이라, 수강생들이 열심히 빨아서 말 려준 행주까지 냄비에 넣고 삶는다. 그럴 때마다 심술궂은 시누이가 된 기분이다.

한번은 다른 요리 교실에 초대받아 일일 강사로 스페 인 요리를 가르친 적이 있다. 스페인 요리에는 파에야^{얄고} _{넓적한 팬에 쌀, 해산물, 채소 등을 넣고 볶다가 사프란과 육수 등을 넣어 익힌 스페인} 음식가 필수 메뉴라 커다란 파에야 팬까지 준비해 약속 장 소로 향했다. 도와주는 분도 있어 수업 자체는 순조롭게 진행됐다. 하지만 연희동 요리 교실처럼 다 함께 만들고 하나씩 요리를 완성해가는 즐거움이랄까, 그런 연대감 같 은 것은 없어서 식탁에 둘러앉아서도 아는 사람하고만 이야기하는 분위기였다. 그런 부분에서 연희동 요리 교실과는 조금 다르다고 느꼈다.

시식 시간도 짧았고 다 먹은 뒤 가볍게 인사를 나눈 다음 한 사람 두 사람 현관 밖으로 사라졌다. 할 말을 잃고 눈만 끔벅거렸다. 식탁에는 먹다 남은 음식이 접시 위에 쌓여 있었고, 포크와 나이프는 여기저기 널려 있었다. "식사를 마치면 포크와 나이프는 꼭 접시 위에 올려둬야 해." 어린 두 아들에게 잔소리를 해대던 것이 실은 아무 의미도 없던 게 아닐까.

당연히 그곳에는 '설거지'라는 말도 오가지 않았다. 그 요리 교실에 다니던 이들은 대체 무엇을 얻기 위해 요리를 배우러 온 것일까. 그날 이후 연희동에서 수업을 하면서 요리 교실의 의미를 다시 한번 되돌아보게 되었다.

아버지가 요리사라 온 가족이 모이는 날이면 아침 식사 때부터 '오늘 점심에는 뭐 먹지' 늘 먹는 이야기만 하던 집에서 자란 탓일까. 아니면 지금 내가 음식에 관한 일을 하고 있어서일까. 한 그릇의 음식을 만들기까지의 과정, "잘 먹겠습니다" 하며 그릇을 비운 후 "잘 먹었습니다" 하고 젓가락을 내려놓을 때까지의 시간, 먹고 난 뒤 정리하는 것까지가 모두 귀중한 체험이라고 생각한다. 음식에 감사한 마음이 생기면 다 먹은 음식과 식기를 정리하는 일이 더럽고 귀찮게만 느껴지지는 않을 것이다.

　요리의 에필로그는 설거지다. 구르메 레브쿠헨의 부엌에서는 오늘도 설거지에 힘쓰는 수강생들의 시끌벅적 활기 넘치는 소리가 울려 퍼진다.

히
대
코

컬
렉
션

나는 약한 원시가 있다는 것만 빼면 눈이 좋다는 데 나름 자부심이 있었다. 하지만 대학생 때부터 예쁜 안경을 쓴 사람을 무척 부러워했다. 엄마와 친구들은 눈도 좋으면서 별소리를 다 한다며 어이없다는 표정으로 나를 보곤 했다. 언젠가 시력이 나빠지면 안경이 어울리는 멋진 어른이 될 거라는 나의 작은 꿈. 근시 탓에 어린 시절부터 안경을 쓰느라 고생하고 고민해온 사람들이라면 도저히 이해할 수 없는 나의 꿈은, 마침내 사십대가 되어 이루어졌다.

원시는 노안이 일찍 찾아온다고 하는데, 나 역시 삼십대 후반부터 눈에 띄던 흰머리와 함께 마흔 살 생일을 기점으로 신문이나 책의 글자가 흐릿해 보이기 시작했다. 마흔에 흰머리와 노안이라니. 평소 같았으면 큰 충격을 받고 드러누웠을지도 모르나, 당시에는 여하튼 노안이 시작되었으니 눈 건강을 위해 빨리 안경을 써야겠다며 염원하던 안경을 장만하는 일만 생각했다.

근시가 심해 군대를 방위(사회복무요원)로 다녀온 남편은 콘택트렌즈나 라식 수술도 망설였다. 그는 중년 남성이라면 손목시계와 안경에 돈을 써야 한다는 나의 부추김 끝에 단골 안경점을 만들었다. 남편이 안경을 바꾸거나 수리할 때 따라가서 프랑스와 벨기에산 안경테를 보는 일이 즐거웠다. 언젠가 나도 여기서 안경을 맞추리라 마음먹고 있었다.

첫 안경이라 신중에 신중을 기하기 위해 안과에서 '노안 경향이 있다'는 진단을 받아내 홀로 안경점으로 향했다. 남편과 같이 가면 노안경에 왜 그렇게 비싼 테를 사느냐며 옆에서 잔소리를 늘어놓을 것이 뻔했기 때문이다. 그런데 안경점 사장님 역시 노안에는 독서를 하거나 노트북을 볼 때 쓰는, 이른바 돋보기안경이면 충분하다고 말했다. 결국 진열장에 놓인 프랑스 안경테를 못 본 체하고, 흔해 빠진 저렴한 테에 도수가 낮은 노안용 렌즈를 넣는 데 만족했다.

어찌 됐든 난생처음 갖게 된 안경이라 마음만은 설렜다. 눈썹을 다듬거나 립스틱을 바를 때만 보는 거울을 몇 번이고 들여다봤다. 내 얼굴 앞에 커다란 물체가 떠 있는 것처럼 이상한 느낌이었다. 주로 활자를 볼 때만 썼는데, 어느 순간 거울에 비친 '노안경 쓴 내 모습'은 그동안 상상했던 '안경이 어울리는 멋진 사십대 중년 여성'과는 거리가 멀었다. 내 얼굴에 안경이 안 어울리나? 설마, 그렇지는 않을 거야. 안경이 어울리는 중년 여성이 되겠다는 나의 꿈은 어떻게 되는 거지? 덧없이 스러져가는 꿈에 우울해했다.

그렇게 나의 첫 안경은 책이나 컴퓨터를 볼 때만 남몰래 쓰다가 얼마 뒤 다시 안경점으로 달려갔다. 고심하다 크림색 안경테가 마음에 들어 가네코 안경을 집어 들었다. 모처럼 예쁜 테를 골랐으니 평소에도 써보는 게 어떻겠냐는 사장님 권유에 다초점 렌즈를 넣느라 안경은 점점 비싸졌다. 카드 할부 결제로 드디어 선망하던 안경을 손에 넣은 순간, 마치 보물을 사는 듯 기뻤다. 하지만 다초점 렌즈 탓인지 어지러움을 느껴 계단을 내려갈 때는 비틀거리기도 했다. 적응을 못 하고 노안경을 썼다 벗었다 하길 오래, 아무 데나 두고 다녀서 식은땀을 흘리며 찾아다닌 적도 있다.

첫 안경을 사고 나서 벌써 10년이 흘렀다. 그때 이후 '히데코의 안경 컬렉션'은 더욱 충실해지고 있다. 책상 한편의 안경 케이스에 놓여 있는 안경을 세어보니 여덟 개. 오늘 의상은 전체적으로 블랙 톤이니까 검은색 테로, 오늘밤은 흰색 스웨터니까 크림색 테로. 때와 장소에 맞게 안경 색을 바꾼다. 사람들을 만나는 즐거움이 또 커졌다.

쉰을 넘긴 후 생각해보니 나는 예전부터 보석 욕심이 없었다. 결혼할 때 남편이 사준 까르띠에의 결혼반지와 엄마가 물려준 타사키의 진주 목걸이, 거기에 몇 년 전 또 엄마에게 받은 특별할 것 없는 분홍색 보석에 친한 디자이너가 작은 보석을 더해 리폼해준 반지와 목걸이 정도다. 그리고 브로치를 좋아하는 엄마가, 내가 일본에 갈 때마다 하나씩 상자에서 꺼내 소중히 보관하라며 건네준 카메오나 사파이어 브로치도 있다. 나는 그것들을 서울에 가져와 옷에 달지도 않고 싱가포르에서 사온 작은 상자에 넣어두었다. '오늘은 재킷에 달아볼까' 하다가도 브로치 찬 모습이 마음에 들지 않아 그만둘 때가 많다. 목걸이도 마찬가지다.

하루는 특별한 약속을 앞두고 거울 앞에 섰다. 새하얀 여름 리넨 원피스에 어울리는 테오의 흰 테 안경을 쓰고, 왼손 검지에 분홍색 반지를 껴봤다. 어딘가 마음에 들지 않아 고민하다 결국 약속 장소에 도착하기 전, 티슈로 반지를 감싸 가방 한구석에 넣어두었다. 가방 안에 들어 있던 반지의 존재는 그날 집에 도착할 때까지 까맣게 잊어버렸다. 집에 돌아와서야 정신이 번쩍 들어 코트며 재킷 주머니 안쪽, 가방을 뒤져 겨우 찾은 반지에 안심하고 반성했다. 몸에 착용하는 보석은 자주 그런 소동에 휩싸인다. 의외로 마음에 들어했던 반지나 귀걸이가 하나씩 사라진 적도 있다. 나이 탓이라든가 건망증이 심하다든가 칠칠맞은 성격 때문이라든가 하는 문제가 아니다. 그도 그럴 것이 마음에 드는 안경이나 그릇이 사라지지는 않으니까.

요즘 들어 생각한다. 물건에도 영혼이 있다고. 그 영혼이란 무엇일까. 비싼 돈을 주고 샀다거나 유행하는 디자인이라 샀다거나 하는 이유로 구입한 물건의 영혼은 알 수 없을지도 모른다. 물건의 영혼이란 결국 기능이 아닐까.

때로는 잘못 고르고 사용해서 후회하고 실패하기도 한다. 그런 과정을 반복하노라면 나와 비슷한 고민을 하고 공부를 하는 사람과 만나게 된다. 그 사람이 나를 다음 세계로 이끌어준다. 그 과정이 연속되며 나이를 먹는 사이 나에게 소중한 물건의 영혼이 보이기 시작한다.

무엇보다 직접 사서 써보지 않으면 알 수 없는 것이 너무도 많다. 좋은 물건을 고르는 능력은 돈과 시간을 써야지만 익힐 수 있다. 써봐야 다음 의문이 튀어나오고, 그것을 알고 나서야 또 다음 의문이 떠오른다. 그렇게 해서 물건을 보는 안목이 생기고 제대로 고를 수 있게 된다. 정말 좋아하는 안경이나 소중히 여기는 그릇, 신발, 펜, 냄비…… 영혼이 있는 물건은 시간이 지나면서 기능성뿐만 아니라 가치 또한 숙성된다.

물욕은 누구에게나 있다. 나는 보석보다 그릇이나 안경에 욕심이 많다. 보고만 있어도 배가 부르고 사용할수록 사랑스러워지는 그릇이나 안경과 달리, 아직 보석의 영혼이 무엇인지는 알아내지 못했다. 어떤 물건이든 구입하기 전에 물건을 고르고 사용하는 과정에 만족과 후회, 성공과 실패가 연속된다는 점을 알고 그 속에서 나에게 맞는 것을 골라야 한다. 내 나이쯤 되면 '무언가 갖고 싶다는 마음'이

'살아 있다는 실감'과 마찬가지 아닐까 하는 생각도 든다. 단, 가장 무서운 것은 집착이다. 그래서 나는 '이거면 돼'와 '이게 좋아'의 균형을 무척 중요하게 생각하고 있다. 심리적으로도 통풍이 잘 되게 살고 싶다.

"몇십 년이나 모아놔서 엄청 후회 중이야. 전부 줄 테
니까 서울에 가져가거라. 돈이 궁해지면 노점상 차려 팔아
도 되고. 하하하."

결혼 후 얼마 안 있어 남편과 일본 본가에 갔을 때, 아
버지는 검게 칠한 벚나무로 만든 낡은 선반에서 오래된 오
동나무 상자 여러 개를 가져왔다. 상자를 여니 어느 시대
에 만들어졌는지 알 수 없는 찻주전자와 찻잔, 도쿠리목이
좁은 호리병 모양의 일본주 용기 같은 것들이 소중하게 보관되어 있
었다. 아버지는 요리사답게 그릇만큼은 식기 선반에 꺼내
놓고 평소에도 사용했으나, 찻주전자와 찻잔은 애용하는

것만 번갈아 썼을 뿐 다른 작품을 내놓는 일은 없었다. 여든을 훌쩍 넘긴 지금도 그렇다.

오동나무 상자 몇 개를 종이 상자에 담아 기내용 캐리어로 서울까지 무사히 가져오고도 행여나 세관에 걸리면 어쩌나 그때만큼 떨었던 적이 없다. 서울에 돌아온 뒤, 전부 오동나무 상자에서 꺼내 아버지가 알려준 대로 집안 곳곳에 장식해봤다. 눈에 보이는 데 두면 꼭 쓸 거라고 생각했다. 하지만 곧 아장아장 걸어 다니던 두 아들 녀석이 깨뜨릴까 봐 다시 상자에 넣어놓을 수밖에 없었다. 그때부터 지금까지 계절이 바뀔 때면 상자에서 그릇들을 꺼내 인테리어를 달리하거나, 마시고 싶은 차에 따라 찻주전자와 찻잔을 바꿔 썼다.

"누구야! 찻주전자 뚜껑 깨뜨린 사람!"

일 때문에 집을 비웠다 돌아오니 소중히 보관해두던 어느 한국 작가의 백자 찻주전자 뚜껑이 정확히 반으로 쪼개져 다이닝 테이블 위에 덩그러니 놓여 있었다. 찻주전자는 어디 있나 당황하며 허둥대던 나는, 넓지도 않은 집 안을 구석구석 뒤지다 상상조차 못 했던 곳에서 발견했다. 무려 현관 신발장 위 장식 선반에 뚜껑 없는 찻주전자가 오도카니 쓸쓸하게 주인을 기다리고 있던 것이 아닌가. 마침 학원에 간 누 아늘 녀석의 소행이란 섯을 바로 알아차렸으나, 집에 없으니 혼내려야 혼낼 수도 없었다. 결국 거실에 있던 꽃병에서 꽃 한 송이를 꺼내 줄기를 짧게 자른 뒤 찻주전자에 꽂았다. 도예가 이름은 잊어버렸지만, 영국 티포트 같은 디자인의 백자 찻주전자에 꽂힌 분홍색 장미 한 송이가 보기 좋았다.

만일 아이들이 집에 있을 때 깨진 뚜껑을 발견했다면 어땠을까. 집은 아이들과의 전쟁터로 변했을 것이다. 잘된 일이었다. 장미 한 송이가 꽂힌 찻주전자 꽃병을 바라보니 두 초등학생이 뚜껑 없는 찻주전자를 현관 장식 선반 위에 두고 학원에 간 것마저 귀엽게 느껴졌다. 말썽꾸러기 사내 녀석들이라고 생각했지만, 평소 엄마의 사소한 행동을 제대로 보고 있던 것이다. 나는 '한 송이 꽃병'을 좋아해서 꽃다발을 선물받으면 작은 유리컵이나 이가 빠진 찻잔에 짧게 자른 꽃 한송이를 꽂아, 책상과 화장실 선반 위에 올려둔다. 엄마가 뚜껑 없는 찻주전자를 한 송이 꽃병으로 활용하겠지 상상했을 아들들에게 오히려 포상을 해야겠다고 마음먹었다.

아버지의 후회를 통해 배운 게 있던 터라, 나는 우리

아이들도 어렸을 때부터 '좋은 것'을 자연스레 접하고 사용하길 바랐다. 좋은 찻주전자와 찻잔은 물론, 그릇과 와인 잔도 마찬가지였다. 엄마의 욕심으로 아이들에게 고상한 취향을 강제한 것이지만 어쩔 수 없었다.

학원에서 돌아온 아이들에게 물었다.

"얘들아, 찻주전자 뚜껑 왜 깨졌어?"

"엄마가 맨날 홍차 마실 때 주전자에 잎을 넣으니까 똑같이 마시려다 그랬어."

그랬구나.

"아이고. 근데 왜 뚜껑만 깨진 거야?"

"형이 컵에 홍차 따를 때, 뚜껑이 떨어졌어."

작은아들이 설명했다. 그런 거였네. 아니, 잠깐.

"찻주전자는 절대 한 손으로 따르면 안 돼! 꼭 반대쪽 손으로 뚜껑을 잡고 따라야지."

결국 내 목소리는 한 옥타브 높아졌다. 다행히 화는 잘 참아냈다. 그도 그럴 것이 엄마가 없을 때도 홍차를 마시려고 엄마가 아끼던 찻주전자를 꺼내온 것일 테니 그 정신을 존중하기로 했다.

"봐봐, 엄마가 이렇게 꽃을 꽂아줬어. 예쁘지? 이제 꽃병으로 써야겠다."

그 후, 우리 집에 놀러 온 아이들 친구들이 거실을 휘젓고 다녀서 아버지가 준 에도시대 찻잔이 바닥에 떨어져 붉은 토기 조각만 남기도 했다. 또 한번은 대학생이 된 둘째 아들이 1층에서 친구들과 와인을 마시려고 여러 와인잔 가운데 하필이면 가장 비싼 잘토 와인 잔을 꺼내 썼다. 백자 찻주전자처럼 한쪽에 볼과 스템이 정확하게 반으로 쪼개진 와인 잔이 놓여 있는 모습을 발견하고, 그달치 용돈을 주지 않았다.

경험보다 나은 학습은 없듯 아이들이 그릇을 다루는 방식은 저절로 조심스러워졌다. 미대생인 둘째는 바쁜 나 대신 긴쓰기金継ぎ깨지거나 금이 간 도기 조각을 금가루 섞은 옻으로 이어붙이는 기술 교실에 다니기 시작했다. 나는 조각을 전공한 아들의 긴쓰기 솜씨가 꽤 좋다는 선생님의 칭찬을 곧이곧대로 믿고, 이가 나가거나 쪼개지거나 금이 간 그릇이며 잔을 모으고 있다. 만일 그때도 긴쓰기라는 기술이 있다는 것을 알았더라면 백자 뚜껑을 버리지 않았을 텐데 후회하면서.

요리 교실에서나 집밥을 만들 때 사용하는 그릇의 재료는 자기, 도기, 목기, 칠기, 유리그릇, 놋그릇 등 다양하다. 요리 교실이 열리는 1층 쿠킹 스튜디오와 2층 부엌에는 다기, 칠기, 서양 접시부터 유리잔 등 평소 사용하는 그릇이 눈에 띄는 곳에 놓여 있다. 음식이 완성될 때쯤 '이게 좋겠다'며 그 자리에서 그릇을 정하는 경우가 많다. 요리나 스타일링을 위해 특정 그릇이 필요하면 식기 가게에 문의하거나 직접 둘러보며 구할 때도 있는데, 대부분은 해외를 돌아다니다 만난 그릇과 도구들이다.

갤러리에서 전시 판매되는 그릇도 마찬가지로, 나는 주로 연이 있는 작가와의 만남을 통해 만든 사람의 마음이 전해오는 그릇을 고른다. 가끔 어떤 음식을 담을 건지 알려주면 그릇 디자인 시안을 보내준다는 작가도 있는데, 그럴 때면 갑자기 말문이 막힌다. 음식과 그릇이라면 역시나 음식이 주역이기 때문이다. 하지만 음식에 그릇이 지닌 이야기가 더해지면 식사는 더욱 즐거워진다.

그릇을 살 때면 여전히 마음이 두근거린다. 어떤 음식을 담을지, 식재료는 무슨 색이 어울릴지 그릇에서 착상을 얻어 메뉴를 고안할 때도 있다. 그래서 난해한 그릇을 만나면 어떤 음식을 조합할지 더욱 머리를 굴리게 되니 그릇은 요리의 창조성을 높여주는 도구이기도 하다.

찻주전자든 찻잔이든 그릇이든, 써야지만 빛을 발한다. 저렴해도 값비싸도 직접 골랐다고 생각하면 그것들이 좋아지고 소중해지므로 더욱 확실히 쓰게 된다. 그릇 하나라도 나에게 어울리고 필요한 그릇을 사는 것이 중요하다. 유행에 휩쓸리지 않는다면 애착이 샘솟는 그릇을 만날 수 있다. 그릇뿐만이 아니다. 모든 '물건'에 통하는 기본이다.

어린 시절 내가 아끼던 보물은 고모가 돌에 선물해준 '미미짱'이라는 이름의 토끼 인형과 어린이용 레고 클래식 '돌하우스 시리즈'의 새빨간 부엌 세트였다. 아버지를 따라 구 서독에 살며 유치원에 다니던 1970년대 초반이었다. 조그만 부엌 세트는 내가 큰 뒤에도 독일의 산타 할아버지가 선물해줬다고 믿었던 보물 중 하나다. 초록색 바닥 판 위에 조립한 새빨간 시스템키친. 색깔은 잊어버렸지만 원피스를 입고 있던 몸통에 머리를 바꿔 끼면 남자아이로도 변하는 인형을 싱크대 앞에 세워놓거나, '오늘은 오븐에 케이크 구워야지' 중얼중얼하면서 혼자 놀이에 빠져 있던 기억이 반세기가 지난 지금도 어렴풋이 되살아난다.

"사샤! 저 나무에 올라가서 가지를 꺾어 와. 부엌에 선반을 만들 거야. 아네티는 근처에 굴러다니는 도토리를 최대한 많이 모아 와. 도토리로 타일 만들 거야!"

당시 거주하던 구 서독 수도 본의 주택가 근처 숲속에 초등학교 친구들과 야금야금 '비밀 부엌'을 만들던 참이었다. 숲에 떨어진 나뭇가지와 열매, 들꽃을 모아 각자 집에서 가져온 종이 상자에 끈과 본드로 고정했다. 아홉 살밖에 안 된 아이들에게 부모님이 톱이나 망치를 쥐여주지는 않았을 테니, 흐릿한 기억을 더듬어보자면 그랬다.

"검은 머리에 체구도 작은 네가 맨 앞에 서서 마치 말괄량이 삐삐처럼 금발인 사샤와 아네티를 뒤에 달고 숲속에 들어서는 모습에 두 손 두 발 다 들었다."

엄마는 집에 있나 하면 늘 캐리어를 열어젖히고 짐을 싸던 다 큰 딸에게 말하곤 했다. 숲에 부엌 딸린 오두막을 만들겠다며, 독일의 여름 한낮에 자전거로 집과 숲을 오가면서 해가 질 때까지 놀았다.

비밀 부엌 멤버들과는 자연스레 가족들까지 교류하게 되었다. 외국어가 서툴렀던 엄마도 손짓 발짓 섞어가며 내 친구의 엄마들과 차를 마시거나 아이들을 집에 초대했다. 나는 서로의 집을 오가면서 어린 마음에도 독일의 널찍한 단독주택에 적잖이 놀랐다. 친구들 부모님이 본의 부호가 아니라 교사나 평범한 회사원이었기에, 초등학생인 나도 '아, 일본에서의 생활수준과 그다지 큰 차이는 없구나' 하는 정도의 감은 있었다.

더욱 놀랐던 것은 어느 집에나 색은 다를지언정 레고에서 본 시스템키친이 설치되어 있었다는 사실이다. 독일의 시스템키친을 동경하던 나는 친구들과 숲속에서 부엌을 만들며 나의 어쭙잖은 로망을 실현하고자 했다.

독일 생활을 전후해 살던 일본 집의 부엌은, 작았다. 목조 단독주택이긴 했으나 당시 같이 살던 미대생 고모와 엄마 둘이 들어서면 딱 알맞은 크기로 보아 전형적인 쇼와시대1926~1989의 부엌이었다. 엄마가 부엌에 서 있는 옛날 사진에는 가스레인지, 개수대, 조리대 그리고 아래에 수납 공간인 캐비닛만 보인다. 엄마의 부엌이 그랬던 것처럼 일반적인 쇼와시대의 일본 부엌에는 큼직한 창이 있고, 창 쪽으로 싱크대가 배치되어 있다. 우리 집은 거기다 벽에 선반을 달아 냄비나 조리 도구를 올려두었다.

엄마의 작은 부엌은 엄마 기준에 따라 사용과 정리가 편한 구조로 만들어졌다. 어린 내가 독일의 평범한 시스템키친에 감동하며 부러워하던 모습을, 엄마는 어떤 마음으로 지켜봤을까. 이제 와서 엄마의 부엌에 대한 사고방식을 신경 써봤자 소용없는 일이지만, 아마도 엄마는 1970년대에 이미 100퍼센트 전기화되어 있던 독일의 시스템키친보다 '어디든 손이 닿는 곳에 도구와 재료가 놓여 있는 우리 집 작은 부엌이 가장 마음 편했어'라고 대답할 것이다. 여하튼 엄마는 부엌에 집착하지 않았던 듯하다.

요리사인 아버지는 호텔 레스토랑의 커다란 주방이나 본인 레스토랑 주방에서 요리를 만들어왔다. 아버지에게는 하루 중 가장 긴 시간 머무는 반짝반짝한 스테인리스 주방이 편했을지도 모른다. 사실 아버지와도 요리를 만드는 '공간'에 대해 깊은 대화를 나눈 적이 없다. 아버지가 집 밖에서 요리를 할 때 집 안 부엌은 엄마의 공간이었으나, 가게를 접은 지 10년이 지난 지금은 엄마의 부엌을 아버지가 차지했다. 엄마는 아침부터 식탁에 맛있는 음식이 올라오는 환경에 무척 만족하고 있다.

독일 시스템키친에 대한 동경은 결국 요리사의 길을

택하지 않은 내 안에서 조용히 사그라들었다. 이십대 때부터 다른 사람에게 먹이기 위한 요리를 만들어왔지만, 부엌이라는 공간에 대한 욕심은 조금도 없었다. 결혼을 하고 나서야 부엌이 나에게 소중한 공간이 될 수 있다는 사실을 알게 되었다. 그 무렵, 일본 본가에 돌아갈 때마다 들렀던 도쿄의 한 대형 서점에서 우연히 발견한 책이 있다.

독일 시스템키친이 단순히 부엌을 지키는 여성들을 위해 고안된 공간이 아니었다고 해서 가벼운 충격을 받은 후지하라 다쓰시의 『나치스의 키친』(2012, 스이세이샤). 20세기 음식·농사의 역사와 사상 전문가인 교토대 교수가 쓴 부엌의 현대사다. 세계대전에 두 번이나 패하고 동서로 분단됐음에도 1960년대에는 양쪽 모두 소비사회를 실현한 독일이 무대다. 저자는 19세기 중반부터 1945년까지 100년의 시간을 다루고 있다. 21세기 한국 아파트에 일반적으로 설치되어 있는 '시스템키친'이라는 상품의 원류도, 거슬러 올라가면 20세기 초반의 독일에 당도한다.

역사, 사회학, 경제학, 가정학, 영양학의 관점에서 부엌이 일궈온 의미를 알 수 있는 연구서를 다시 한번 읽어봤다. "부엌이란 인간의 입에 들어갈 음식을 만드는 공간으로, 집 안에서는 대단히 '사적私的'이며 일상생활에 너무도 깊숙이 들어와 있는 장소"라는 말이 인상 깊었다.

부엌사에 흥미를 느끼며 다음으로 읽은 책은 야마구치 마사토모의 『부엌 공간학』(2000, 건축자료연구사)이었다. 저자는 "'부엌'은 매일의 궁리를 통해 성립된 스타일이며 사람이나 집, 지방에 따라 다른 것이다. 이에 비해 '키친'은 생활개선운동가, 건축가, 디자이너 같은 사람들이 의도적으로 설계한 것, 나아가 그 설계를 눈썰미로 흉내 내 만들어진 아류다. 또 디자인된 가구를 주요 구성 요소로 하는 것이며 그 스타일은 세계적으로 거의 획일적이다"라고 설명한다. 평소 '부엌'과 '키친'이라는 단어의 개념이 미묘하게 다르다고 느꼈는데, 눈이 번쩍 뜨이는 기분이었다. 그래서 '부엌'의 영어 번역으로 단순히 '키친'을 사용하거나 문장화하는 것이 마뜩잖았던 것이구나. 레고의 빨간 시스템키친을 찾으며 내 안에서 '부엌'의 의미를 정리했다.

부엌은 식단이나 순서, 정리를 고민하며 조리에 분투하는 장이면서 맛있는 음식을 만들며 기쁨을 느끼고 행복을 나누는 즐거움의 장이다. 또 타인과 함께 음식을 만들면서 대화를 즐기는 교류의 장이기도 하다. 특히 요리를 좋아하는 사람들에게는 창의성으로 가득 찬 설렘의 장소다.

반대로 몸 상태가 안 좋거나 큰 고민이 있을 때는 부엌에 들어가는 것조차 싫고, 칼이든 도마든 손조차 대고 싶지 않기도 하다. 그러니 "집 안에서는 대단히 '사적私的'이며 일상생활에 너무도 깊숙이 들어와 있는 장소"라는 설명에 고개를 끄덕이게 된다. 사회학이나 여성사를 따라가다 보면 어느 나라에서든 부엌은 여성에게 집 안의 중심이 되는 공간이었으나, 앞으로의 부엌은 남녀 할 것 없이 '식사를 차리는 사람'에게 가장 마음 편한 공간이 되어야 한다는 결론에 이른다.

레고의 빨간 시스템키친에서 시작한 나의 부엌사. 나이를 먹으면서 부엌에 대한 생각도 변해왔다. 부엌 전체가 캐비닛에 둘러싸인 시스템키친도 설치해봤다. 냄비와 조미료를 모두 선반에 올려둬서 늘 말끔하고 빛이 나는 다른 집 부엌을 보면 '와, 깔끔하고 청결해 보이네. 나도 싹 정리해서 내일부터는 물건이 안 보이는 부엌을 만들어야지!' 의욕에 넘쳐 곧장 집에 돌아가 정리를 시작한다. 선반이나 냉장고에 다 들어가지 않으면 버리기도 하면서 온갖 방법을 동원하지만, 이미 올리브오일 병이 바깥에서 나뒹굴고 있다.

작심삼일인 건지 내 적성에 안 맞는 건지 시행착오를 겪으며 부엌 리모델링을 실행한 결과, 최근 유행하는 번쩍 번쩍한 시스템키친과 인덕션이 설치된 부엌은 내가 있을 곳이 아니라는 확신에 이르렀다.

부엌은 "매일의 궁리를 통해 성립된 스타일"이 아닌 가. 오랜 시행착오 끝에 편의를 고려해 디자인된 시스템 키친 개수대나 캐비닛 일부는 설치하고 나머지는 내 뜻대로 했다. 나를 위한 생활의 장은 누구보다 내가 즐거워야 한다. 1층 쿠킹 스튜디오의 부엌은 수강생이나 친구들과, 2층 부엌은 가족과 '맛있는 기억'을 공유할 수 있는 곳으로 누구나 어디에 무엇이 있는지 알기 쉬운 공간을 만들기 위해 물건은 꺼내둔다. 조리 도구나 접시, 조미료나 식재료가 눈 닿는 곳에 놓여 있으면 상상력이나 창의력 발휘에도 큰 도움이 된다.

음식과 문장이 모두 탄생하는, 좋아하는 것에 둘러싸인 창의적인 부엌이야말로 내가 있을 곳이다. 다만 한 집에 두 개의 부엌이 있다는 점이 내 숙제이기도 하다. 모두와 공유하는 1층 부엌은 제쳐두고, 2층 부엌의 리모델링은 나에게 가장 마음 편한 장소를 추구하며 앞으로도 계속될 것이다.

"부엌은 식단이나 순서,
정리를 고민하며 조리에 분투하는
장이면서 맛있는 음식을 만들며 기쁨을
느끼고 행복을 나누는 즐거움의 장이다.
또 타인과 함께 음식을 만들면서 대화를
즐기는 교류의 장이기도 하다.
특히 요리를 좋아하는 사람들에게는
창의성으로 가득 찬 설렘의 장소다."